観音移動

観音移動

野村喜和夫
Nomura Kiwao

水声社

目次

観音移動　9
死者の砂　33
崖の下のララ　59
歌物語あるいは浴槽　83
ニューヨークのランボー　109
塔の七日間　137
夜なき夜　169

観音移動

「人生において」と詩人は静かに語り始めた、「これほどの不思議が私の身において生じうるとは、長い人生を生きてきた意味が多少はあったということになるのかもしれません」

詩人はここで、編集者の私の反応を待つように、少し間を置いた。都心のとあるホテルの、ロビーに接したカフェテリアの一隅である。静かで、がらんとしている。外では、午後の遅い陽射しを浴びて、糸杉の植え込みが路面に長い影を落としていた。何かご自分の詩について面白い話を聞かせてください。インタビューの趣旨はその程度のものだった。私はすでに録音装置をオンにしていたが、さらに身を少し乗り出して、興味を掻き立てられていることを示そうとした。何が語られるのだろう。「不思議」という言葉は、詩人から発せられただけに、それなりの説得力をもっているように思われたのである。

「二〇二二年五月五日、端午の節句の日に」と詩人は話をつづけた、「わが家に観音がやってきました」

「えっ？　カンノン？」

「ええ、観音さまの観音です、嘘ではありません」

どういうことだろう。私は担がれているのか。それとも、観音は何かの象徴だろうか。詩人だから、何かと言葉を象徴的に使うのではないか。

「正確に言えば観音像――小柄な女性の背丈ほどの、御影石でできた観音像ですけど」

「ああ」と私は納得し、少しがっかりもした。ともあれ、象徴ではなかった。「石でできた像ですね、それがやってきたと。つまり、どこからか野村さんのお家に運び込まれたわけですね。まあしかし、お寺でもないかぎり、それは十分に驚くべきことですよね」

「そうかもしれません。観音像が塀の向こうから、クレーンに吊り上げられてあらわれ、それからゆっくりと塀を越えて、玄関脇の松の木の隣の空きスペースに、さらにゆっくりと降り立ったのです」

「おお、クレーンで」と私は、再度煙に巻かれたような気になった。「シュールですよね。それが不思議ということですか。端午の節句と言えば、鯉のぼりですが」

「ええ。その向こうを張るように、観音が、たとえクレーンに吊られてにせよ、ぐわーんと空を飛ぶようにやってきた——というのなら、不思議も不思議、UFO目撃に匹敵するでしょうけど」と詩人は、少し冗談を言って顔をゆるめた。やはり、多少は私を煙に巻こうという気持ちがあったのかもしれない。

「観音像は石です、どうしようもなく重い石です。それを道路から塀越しに庭に運び入れるには、クレーンを必要としたという、それまでのことです」

そして詩人はスマートフォンを取り出して、画面に観音像の写真を浮かび上がらせた。二枚あり、一枚はまさにクレーンに釣り上げられた観音像が塀の上に差し掛かった場面、もう一枚は、松の木の隣の、あらかじめ据えられたのだろう、どっしりした台座に観音像が揺るぎなく収まっている場面だった。

「ああ、でも立派ですねえ。庭ともしっくり合っている感じです」

「ありがとうございます。まあしかし、観音は、ある場所からある場所へ、石材業者のトラックに乗って運ばれてきただけです。不思議はそのあと生じたのですが、そのまえに、観音が空間を移動するに至った顛末について語っておきましょう」

「それは興味深いですね」

「そうですか。そんな大した話ではないのですが」と詩人はことわって、いきなり生い立ちについて語り始めた。「私は一九五一年十月二十日、埼玉県の入間市宮寺という純農村地帯に生まれました。戸籍上は次男なのですが、兄は生後すぐに死んでしまったので、実質的には長男として育てられました。生家は代々つづく村落上層の農家で、主に製茶業を営んでいました。入間市というのは、狭山茶の産地なのですね」

「はあ、聞いたことはあります」

「ところが、政治好きだった父は、家業も顧みず、市議会議員を振り出しに地方政治の道に乗り出し、市長選や県議会議員選挙など十回近くも選挙に出て、そのたびに、あまり外交的とはいえない母に多大な負担を強いたのです。昔の田舎では、議員をやるというのは、まあ旦那衆の道楽みたいなもので、そういう議員は井戸塀議員と呼ばれていました。百姓で政治献金も何もありませんから、先祖伝来の田畑を切り売りして選挙資金を作る。そのうちに家屋敷も荒廃し、井戸と塀だけが残る。それで井戸塀議員と呼ばれるわけですが、父にもそういうところがありました。しかし、家族はたまったものではありません。私もそんな父が嫌で、父のあとは継がず、文学の道を選んで詩人になりました」

「なるほど、そういうことだったのですね、エディプス的葛藤」

「まあそうかもしれません。今どき流行りませんけど」

「たしかに」と私は、ふと、昔読んだ中上健次の『枯木灘』を思い出した。「中上健次あたりですかね、エディプス的葛藤を文学の主題にした最後の作家は。村上春樹の『海辺のカフカ』になると、あれも一応オイディプス神話を下敷きにしていますが、もうエディプス的葛藤のパロディでしかない。入れ替わりに、母娘の相互依存とかがよく書かれるようになった。そんな印象があります」

「そういうことです」

「あ、ごめんなさい、話を折ったりして」

「全然」

がらんとしていたロビーやカフェテラスには、夕刻が近いせいだろう、客がちらほらあらわれ、席を埋め始めていた。詩人は話をつづけた。

「で、詩人になろうとしたのと前後して、妻となる女性とも出会って結婚することになり、それを機に家を出て、東京に居を構えました。といっても、妻の援助で代々木公園近くのマンションに八年ほど住んだあと、いや、住まわせてもらったあと、世田谷区羽根木の妻の実家の敷地に家を建てて、いや、建ててもらって、今に至っています。つまりずっと居候しているようなものですが、詩人の細腕では、実利面で人生を切り開いていくなどという芸当は、到底できないことなのでした」

「わかります」

「ありがとうございます、と言っていいのかどうか」と詩人はうつむいて苦笑した。「それで、生家の方へは、ときどき父母の様子を見に帰る程度でした。父は県議会の副議長を任期いっぱい務めたあと、政治から足を洗い、悠々自適のリタイア生活に入りました。ところが、その頃から母の身体の具合が思わしくなくなり、よちよち歩きみたいな歩き方になって、認知症の症状も出るようになりました。すると、それまで亭主関白だった父は、うって変わったように母の面倒を見るようになりました」

「老老介護というやつですね」

「そうです。選挙でさんざん迷惑をかけた、その罪滅ぼしという意味もあったのでしょうね。結構それが生きがいになっている感じでした。そんな母が亡くなったのは、二〇〇五年二月四日、立春の日でした。享年七十九。『なきがらの母に添い寝の余寒かな』。葬儀の日に私が作った駄句です。それからすぐに父は、齢八十を超えていましたが、ある信じられないような行動に出ました。奇行といっていいでしょう。さっきも言ったように、選挙で女房に苦労をかけた罪滅ぼしにということだったのでしょう、どこかの石材業者に母の顔を模した御影石の観音像を作らせ、自宅庭の真ん中に据えつけたのです。母の四十九日に生家を訪れたとき、庭にその観音像を見つけて私は仰天しました。台座には名が刻まれていて、慧照院観音。慧照院というのは母の戒名の一部、いわゆる院号です。こんなことが許されるのか。これでは贖罪どころか、かえって罰当たりになりはしないか。あの、息子の私にはひたすら愚痴っぽく、信仰心のかけらもなかった母が、観音に昇格とは！　しかしそれ以上深く考えることもなく、そのときは苦笑してやり過ごしました。いや、やり過ごしつづけました」

「すごいですね。ご実家の庭に観音像が置かれたわけですね」

「ええ。これがそれです」

詩人はまたスマートフォンを取り出した。覗き込むと、それなりに立派な母屋と土蔵と庭とが写っていて、その庭の真ん中のあたりに、後ろ向きに、つまり母屋に顔を向けた姿で観音像が立っている。

「でもまあ、考えてみれば」と詩人はつづけた、「生家のあたりは入間市宮寺というところですが、そこにさらに観音という字《あざ》がつくので、大昔にはじっさいに観音堂が建っていたのかもしれません。私の友人の詩人で、民俗や歴史に詳しいT君もそう言っていました。それならば、そういうところに観音像が置かれることになっても、そんなに悪いことではないのではないか。そう思うことにしました」

「なるほど」

「その頃、観音について調べたことがあるのですが、『観音経』には、観音が人々を救うため、時や場所や相手に応じて三十三に姿を変えると説かれていますから、まあ私の母に化身したとしても、それほど間違いというわけでもない。それに、かつて観音像は、観音信仰特有の現世利益的祈願のためだけではなく、死者の冥福を祈って、つまり追善供養のために造られたこともあったと言いますから、慧照院観音というのも、罰当たりとばかりは言えないでしょう」

「なるほど」

「時は流れました。母の死の八年後に父も他界しました。享年八十九。すでに言いましたように、私は長男であるにもかかわらず家を出てしまっていたので、生家には、父の生前から妹の二番目の息子、つまり私にとっての甥が父の養子になって住むようになり、やがて彼は結婚し、三人も子供をもうけました。すると生家の母屋が住みにくいということで、ついに今年の二月、それを取り壊して新宅を建てることにしたと言い出したのです。母屋は築およそ四十年。それまでは古い百姓家が建っていました。私が生まれ育ったのはその家屋の方です。父がそれを建て替えて、今の母屋にしたのでした。この写真の家です。専門の建築士に設計させたそれなりの邸宅で、月見台や坪庭などの遊びの空間もありました。ご覧のように、見た目には取り壊す必要なんか全然ありません。しかし、育ち盛りの子供を三人も抱えた甥一家にはなんとも住みづらいらしく、もっとコンパクトで使いやすい普通仕様の家を建てたいのだと言うのです。ついでに、例の観音像も邪魔だと。それを聞いて私は頭に血がのぼってしまい、衝動的に、『それなら観音像はうちで引き取る』と言ってしまったのでした。私にとって観音像は、いつの間にか、いわばかけがえのない母の形見となり、邪魔にされ廃棄されるぐらいなら、いっそ引き取ってわが家の庭に置き、朝な夕なに拝んでいたい。自分で言うのもなんですが、実は私は相当のマザコンなのです。母の生前は悪態ばかりついていて、実に親不孝者でしたが、死なれてみると、母恋しという思いがつのり、今度は自分が罪滅ぼしをする番だと」

「それで観音さまがやってきたわけですね」

「そうです。生家の近くの石材店に頼んで、撤去から設置までの費用の見積もりを出してもらったら、相当の金額になりましたが、マザコンを成就するためにはやむを得ません。こうして五月五日、入間市宮寺の生家から、世田谷区羽根木の今のわが家まで、三十キロぐらいでしょうか、観音さまの移動が行われたというわけです」

「それでさきほどの、クレーンに吊り上げられた観音像の光景となるわけですね」

「そうです。繰り返しますと、亡き母とほぼ等身大の観音像が、塀の向こうから、クレーンに吊り上げられてあらわれ、それからゆっくりと塀を越えて、玄関脇の松の木の隣の空きスペースに据えられた台座に、さらにゆっくりと降り立ったのです。玄関からその一部始終を見ていた私たち、私と妻は、思わず拍手してしまいました。それくらい、あり得ないことが起こったのでしょうから。とそのときです」

「とそのとき?」

「ええ。待てよと、突然ある事実に気づかされたのです」

「ほう」ようやく私は話の流れを掴んだ。「ここからが不思議なるものの開示ですね」

「そうです。クレーン、観音、クレーン、観音、と心のなかで唱えるうちに、そうだ似たような光景をむかし詩に書いたことがあるぞ、と思い出されてきたのです。たぶん即興的に書いた小品なので、書いたことすら忘れていたのですが、確かめるべく私は慌てて書斎に行き、自分の詩集を並べてある書棚から『難解な自転車』という詩集をひっぱり出し、該当する詩にたどり着きました。これがそれです」

詩人はカバンから白い瀟洒な造本の詩集を取り出してテーブルに置き、付箋をつけられたページを開いて私に示した。そこには以下のような詩が印刷されてあった。

あるトポロジーな日に

けさパンを
ぱくつきながら
トポロジーとしてみるならば
という言葉がわけもなく浮かんで不思議だ
そういえば夢で
バオバブのふと幹に

政治家どもの首を高く吊るせと叫んだ
トポロジーとしてみるならば
男も女もあおむしも
同じドーナツ
ありがとう私は電車に乗ると
さまざまな人が突っ立ちしかめ面や
まれに笑いのさざなみを咲かせるが大丈夫
ちがいはない個性なんていう
ちがいはないって電車を降り
別れた女の住む町を歩く
偶然にもそこで働くことになったのだ
トポロジーな
もふもふした雲からさす鈍い陽ざしが砂礫にあたって
砂礫のごとき人生かな
むかしそんなふうに嘆いた詩人も

いたな頭ヲ挙ゲヨ砂礫のうえに
クレーンがある
別れた女もいまごろは脳みそごとずるっと
午睡のトポロジーに脱皮している
だろうか思い出の
母よあなたに似た
丘のうえの大きな大きな
できたての白いふっくりとした観音さまを
クレーンがひっかけ
吊り上げようとしている

「おお」と私も驚嘆の声を上げた。「たしかにありますね、クレーンに吊り上げられた観音。しかも『母よあなたに似た』とある」

「でしょ。この詩集には初出一覧がなく、いま初出紙誌は確かめられないのですが、詩集の刊行は二〇一一年ですから、この『あるトポロジーな日に』は、遅くとも二〇一一年には書かれていたということになります。今年は二〇二二年ですから、つまり一一年前です。これではまるでアンドレ・ブルトンの『ひまわりの夜』ではないか。私は唖然とし、それから喜びに打ち震えました」

「申し訳ありません、その『ひまわりの夜』というのは？　どこかで読んだことがあるような気もするのですが、なにぶん、フランス文学に疎いものですから」

「あ、そうですよね、ある程度シュルレアリスムに通じていないと、いきなり『ひまわりの夜』と言われても、なんのことだかわかりませんよね」

「申し訳ありません」

「いいえ、とんでもない。説明しましょう」と詩人は、カバンから今度は文庫本を取り出して、『難解な自転車』の隣に置いた。アンドレ・ブルトン、『狂気の愛』、と読める。

「この本の中に書かれているんですけどね、シュルレアリスムを主導した詩人アンドレ・ブルトンは、あるとき、夜のパリで、のちに二番目の妻となる女性と偶然に出会い、恋愛関係に入るのですが、それとそっくりの出会いを、すでに十年も前に自作の詩『ひまわり』に書いていたことに気づくのです。時系列に沿って言えば、ブルトンはまず、『ひまわり』という自動記述的な詩を書きます。パリの夜を彷徨っていたら、謎の美しい女と出会ったというような内容の詩で、一九二三年に刊行された『地の光』という詩集に収められましたが、ブルトン自身はあまり気に入らなかったのか、書いたことすら長らく忘れかけていました。まあ言ってみれば、私の『あるトポロジーな日に』と同じですね。ところが、それから十一年後の一九三四年五月末、彼は『許しがたいほど美しい女』、のちに二番目の妻となるジャクリーヌ・ランバと偶然に出会って夜のパリを散歩するのですが、そのときの状況が、詩篇『ひまわり』に書かれた内容と驚くほど一致していたというのです。言い換えれば、詩篇『ひまわり』は、それから十一年後の現実をその細部にいたるまでいちいち予告ないし予言していたということになります。おいおい、オカルトかよ、と言いたくもなりますが、まさに『超現実』ですよね。ブルトンはそれをいたって真面目に、『客観的偶然』と名づけました」

「客観的偶然、ですか」鸚鵡返しに私はその言葉を繰り返し、どういう意味なのか、しばし考えてみた。「ふつう偶然の一致といえば私がそう判断するわけで、つまり主体が関与するわけですよね」

「ええ」

「ところが、そうではなく、全く主体が関与しないような、純粋な偶然というものがある、それは必然と言っても同じこと、みたいな？」

「そうかもしれません。ブルトンは、マルクス・エンゲルスのあのエンゲルスの著作に同じ『客観的偶然』という言葉があるとして、それと無理やり紐づけようとしたのですが、つまり主観的にはたんなる偶然の一致かもしれない出来事が、客観的には、ちょうどマルクス・エンゲルスの史的唯物論のように、何かしら見えざる力によって推進されているというような」

「でも、ただの偶然の一致にしておいた方が、出来事の自由度を担保できるような気もするのですが」

「私も以前はそう思っていました。でも今度の観音像の移動に立ち会って以来、どうも微妙に自分の世界観が変わってしまったようにも思えるのです」

「オカルトの方へ？」つい私は口を滑らせてしまった。しかし別に詩人をからかおうとしたわけではない。

「どのようにでも言ってください」詩人はそう言われることを予想していたのだろう、気にも止めないというふうに応じた。

「いや、やめましょう」と私から軌道修正を申し出た。「世界は謎や神秘があった方が面白いですから」

「ありがとうございます」そう言ったきり、詩人は沈黙した。ロビーやカフェテリアのざわめきがこれまでよりも音量を上げて耳に届いた。外では、いつの間にか夕闇が迫っていた。糸杉の影は失われ、ビルの向こうに夕焼けの切れ端が見えた。これでインタビューを切り上げてもいいが、もうひとつオチになるような展開がほしい。

「ところで、この詩集タイトルの『難解な自転車』というのは？　自転車が難解とは、面白いタイトルですね」

「そうか」と詩人は、話の繋ぎを掴んだというように膝を叩いた。「これも、ある意味シュルレアリスムに関係あるといえばありますね。よかった、ご質問いただいて。『難解な自転車』は表題作ですけど、ある日、家のまえの門扉に、自転車が乗っかっていたんです。実話です。たぶん誰かのいたずら、嫌がらせだと思ったのですが、それにしても気味が悪い。これではまるで、マルセル・デュシャンの『泉』ではないか」

「ああ、それならわかります。レディメイドの男性用便器をそのまま『泉』と題して美術館に展示した。デペイズマンというやつですね」

「そうです。ある物品を本来の用途から外れたところに置く。するとオブジェになる。ロートレアモンの例の有名な『手術台の上のミシンと蝙蝠傘の偶然の出会いのように美しい』という、あれですね。シュルレアリスムの金科玉条でもありました。ミシンを裁縫工場から手術台に移すように、トイレにあるべき便器を外して美術館に運び入れ、『泉』と題して展示する。すると俄然、オブジェとなるわけです。この自転車も同じじゃないか。誰の所有とも知れぬ自転車が、意味もなく目的もなく門扉の上に乗っかっている。いや違う、オブジェにもならない、センセーションも巻き起こさない、ただただ無意味で気味悪いだけだ。なんなんだこの自転車は」

「それで『難解な自転車』、というわけですね」

「そうです」

「で、そのあとどうなったんですか、その自転車は」

「それがまた変なんです。翌日になっても門扉に乗っかったままなので、撤去してもらおうと警察に通報したんですが、やってきたおまわりさんは、管轄外だと言って一ミリたりとも動かさない。私たち、私と妻は唖然とし、かつまた、途方にくれてしまいました。ところが、そのまた翌日、その自転車が、出現したときと同じように、忽然と消えているではありませんか」

「どこまでも難解な自転車ですね」

「ええ、どこまでも。そしていつまでも謎として私の頭に残ってしまう。癪ですから、表題作の末尾では、その自転車に向かって命令してやりました」

詩人は笑いながらそう言って、ふたたび『難解な自転車』を手に取り、ぱらぱらとめくりながら当該のページを探し、見つかるとそこを開いてテーブルに戻した。夕闇の迫ったカフェテラスの、間接照明だけのほの暗いテーブルの上に、次のような文字列が浮かび上がった。

誰か　髪の　長い
すらりとした　肢体の
誰かに　またがって　もらって　颯爽と
私の　頭の　どこか　ヘリから
立ち去れ　難解な
自転車よ

なるほど、命令文だ。文節ごとに区切って一字空けのスペースを作っていく書き方が面白い。たしか中原中也も同じ書き方をしていなかったか。しかし私はそのことは質問せずに、

「この『誰か』は『少女』でもよかったですかね」と思わず口を滑らせてしまった。詩人に推敲を促しているような言いぶりに、我ながらやばいと思っていると、

「ああ、そうですね、『少女』もいいなあ」と詩人は、どこまで本心かは知らないが、いたって柔軟に応じた。そこで、

「でも、面白いですねえ」と私の方から、慌てて話題を逸らした。「自転車も観音像も、詩人の家に移動してきたということでは同じですが、その意味合いは全然違いますよね。観音像はデペイズマンではなくて、むしろその逆、一番ふさわしい場所に落ち着いたと言えるんじゃないでしょうか。御母堂にとっては、愛する息子のもとに移動してきたんですから」

「ありがとうございます」

「いや、移動ということでも違いがある。観音は空間だけではなく、時間のなかをも移動してきたわけですね。むかしのこの『あるトポロジーな日に』の詩的出来事から、十数年

後の、いまの詩人の家の玄関脇まで」

「そういうことになりますね。現実世界よりもひとまわり大きい時空、世界の無意識ともいうべき時空のなかを」

「世界の無意識、ですか」と私は、鸚鵡返しに応じた。夕焼けの切れ端は、今やすっかり暗灰色にくすんでしまっている。

詩人は詩集を閉じ、目を閉じた。その瞼には、彼の亡き母と等身大の御影石の観音像が、青黒い夕闇のなかにうっすらと浮かび上がっているにちがいない。祈っているのだ、いま詩人は。私はと言えば、つられて目を閉じたが、薄く像を結ぶにすぎない観音像の肩の上に、件の自転車が引っかかっているのである。その自転車を、どうしても撤去することができないのである。

死者の砂

めざめてもなお夢のなかをさまよっているかのようだ。というのも、朝起きて、日曜日の朝だから顔を洗う気にもなれず、居間のソファでうつらうつらしていると、友人のひとりがやってきて、このインターネットの時代に、友人がわざわざ訪ねてくるというのも、それ自体ほとんど嘘のような話だが、彼はそわそわと私の前を歩きながら、この近くに臨終博物館ができたから、一緒に行こうと言う。

「臨終博物館？」

あまりにも聞きなれない名称なので、私は鸚鵡返しに聞き直した。

「そう、臨終博物館」

何だそれは。歴史に名を残した人物の臨終場面を、痛ましかったり、英雄的だったりするその場面を、さまざまな資料によって再現する蠟人形館のようなものだろうか。かつて『臨終図鑑』という書物があったことを私は思い出した。私の蔵書にはないが、書店で立ち読みした記憶がある。たしか山田風太郎の本で、古今東西の著名人たちの臨終の場面が、ドキュメンタリータッチで、年齢順に報告されていた。それとも、誰もが行き着かなければならぬ死の瞬間を、しかし自分のものとしては絶対に経験できないその瞬間を、いわゆる臨死体験者の証言などに基づいて、できるかぎりリアルに体験してもらおうというコンセプトであろうか。冗談のききすぎたテーマパークみたいな。

だが、友人の説明では、そのいずれでもないという。

「このわりと近くに聖ルカ病院があるだろ。その隣の空き地に、サーカス小屋みたいなテントが張られて、そこに、その病院で最近死んだ有名無名の人たちの臨終のベッドが展示されているらしいんだ」

私はしかし訝った。多くの人が病院で死ぬとして、一体どうやってその臨終のベッドを確保できるというのだろう。人が息を引き取れば、すぐにストレッチャーに乗せられて霊安室に運ばれ、ベッド自体はつぎの患者のためにしかるべく整えられ、供されるはずである。それに、仮にベッドが確保できたとしても、そんなものを展示したって、どれも同じような無機的な代物が並ぶだけではないか。

「死者のいない臨終のベッドなんて、たとえは悪いかもしれないが、春が鳥のいない鳥籠に、みたいなものじゃないか」

言いながら私は、スマートフォンを手にして、「臨終博物館」を検索しようとしたが、それを遮るように、

「春が鳥のいない鳥籠に、か。うまいこと言うなあ。さすがは詩人だよ」

「いや、三好達治だよ、そう言ったのは」

「ああ、三好達治ね。太郎を眠らせ、太郎の屋根に雪ふりつむ、か。でもなぜ太郎の屋根なんだ。太郎の家の屋根だろうが」

「太郎の家の屋根じゃ、理屈は合っていても、リズムが弛緩してしまって、詩にならないんだよ」

「そういうことか。まあでも、とにかく行ってみようよ。きみのお母さんが亡くなったのも、たしかあの病院だったよね。だからもしかしたら、亡き母君のベッドもあるかもしれない」

この最後の言葉に、私はいささか心を動かされ、スマートフォンの操作を中断した。母が死んだのは一カ月ほど前だが、病院に駆けつけたときにはすでに息を引き取ったあとで、つまりいわゆる死に目には会えなかったのである。

こうして私は、友人の誘いに乗って、何はともあれ出かけてみることにした。繰り返すが、日曜日の朝だし、とくにしなければならないこともない。間近な締め切りの仕事も記憶になかった。ついでに言えば、妻とは別れて久しい。その後、再婚することもなく、いまに至っている。彼女とのあいだに、子供はもうけなかった。

外に出ると、陽射しがまぶしかった。五月の朝なのだ。いや、もう日はかなり高く、時計をみると午前十一時すぎであった。臨海部の私のマンションからすぐのところに地下鉄の入口があり、そこを降りて地下鉄に乗り込んだ。といっても、たったふた駅ほどの距離である。地下鉄は空いていた。軋む車輪の音にまじって、私の頭のなかでは、臨終博物館、臨終博物館、と早くもこの名称が、呪文のように鳴り響き始めていた。

地下鉄を降り、地上に出た。相変わらず陽射しがまぶしい。何度も降りたことのある駅だが、思えば不思議な界隈だった。交差点に立つと、右手に二つの大きなビル、新聞社のビルと国立がんセンターのビルが並んで建っている。通りを隔てた向こう側は、打って変わって密集した低層階の店舗が並ぶ中央卸売場外市場であり、その左手はといえば、交差する通りを隔てて、インドにあるような建築様式の仏教寺院があり、その向こうに、聖ルカ病院の高層ビルが見える。

つまり、頭と胃袋と魂と病いと、人生の全景が一堂に会しているようなこの界隈ならば、臨終博物館なるものが存在してもおかしくはないような気がした。あるいは、博物館の事業主は、わざわざそういう場所を選んで館を建てたのかもしれない。私たちは横断歩道をL字型に渡り、仏教寺院があるブロックに入った。寺院を通り過ぎ、つぎのブロック、聖ルカ病院の手前のブロックに進むと、かなりの広さの空き地があり、そこに巨大なベージュ色のテントが張られてあって、そちらの方に友人はずんずん歩いてゆく。彼の言った通り、まさかサーカス小屋でもあるまいしと怪しまれたそこが、お目当ての臨終博物館だった。私はいささか拍子抜けした。人の臨終を扱うのだから、それにふさわしい、もっと黒塗りかなにかの荘厳な建築物を建てるべきではなかったか。

テントの手前に独立してプレハブ仕立ての灰色のボックスがあり、そこが料金窓口だった。入場料は五百円。普通の美術館博物館などに比べると安い料金ではないだろうか。私が財布を出そうとすると、「きょうは私が誘ったんだから」と、友人は私の分まで払ってくれた。

入口になっているテントの分厚い布の隙間を押し分けて中に入ると、まるで洞窟のようなほの暗い空間が広がっている。それはそうだろう、臨終博物館なのだ、人の臨終がテーマになっているのだ、照明が明るくては話にならない。そんなふうに妙に納得して、私は歩き始めた。博物館なら、どこかに展示の趣旨を掲げたパネルがあるはずだが、見当たらない。順路を示す矢印はあるので、とりあえずそれに沿ってすすんでみる。ちらほらと人がいる。友人は？　はやる私を先に行かせて様子を見ているというふうに、後からついてきていた。彼が追いつくのを待って、

「なんだか緊張するね、あらためて母を看取るみたいで」と私は言った。

「いや、きみのお母さんの臨終のベッドがあるとは確約できないよ。何しろ、私も今日が初めてなんだから」

「そうか、そうだったよね」

「つまり私にもわからないんだ、有名無名を問わず、ということらしいんだけど、じゃあ、死者たちはどういう基準で選ばれているんだろう」

「臨終が与えた衝撃度とか」

「いや、それはないと思うな」と友人はすぐさま否定した。「人が死ぬということは、どんな場合でも衝撃的で、その度合いは簡単には比較できないものね」

「じゃあ、無差別か。とにかく死者が出たらそのつどベッドを展示する。一定期間展示して、撤去して、そうして次々とまわしてゆく」

順路に沿って十数メートルは歩いただろうか。しかしどこまで行ってもベッドらしきものの展示はなく、数メートル間隔ぐらいに仕切られた空っぽのブースがつづくだけだ。かつがれているのではないか、と私は思った。人の臨終とは、つまり無になるということだから、それをまさに体現すべく、何もない小部屋が続いているだけなのではないか。少し戸惑うように、いや苛立つように後ろを振り返り、友人の助けを求めると、

「砂じゃないかな」と友人の声がした。「床に砂が敷かれているよね」

「砂?」

気づかなかった。間接照明だけのブースの薄暗がりにあらためて眼を落とすと、たしかに、畳一畳ほどの広さに砂が敷かれている。まさか砂の上で死ぬ人なんてほとんどいないはずだが、と思いながら、ややあって、私は納得した。なるほど、こういうことだったのか。さすがに病院からベッドを運び出すことはできないわけで、砂に代用させているとい

うわけだ。

「つまりメタファーだね」と私は言おうとして、その言葉をあわてて呑み込んだ。間接照明のせいですこし浮き上がってみえる砂は、しかしどこかなまなましいのである。いや、砂自体がなまなましいわけではない。問題はその形状だ。敷かれた砂には微妙な起伏があり、へこみがあって、覗き込んでいるうちに、ほんとうにそこに臨終の人が横たわっていたような気がしてきたのだ。

「遺体を型取りした?」

以前、海に面した温泉場で、砂蒸し風呂を体験したことがある。浴衣を着て熱い砂場に横たわり、さらに砂をかけられてゆく。まるで生き埋め、いや即身仏のシミュレーションだが、十分ほどして砂から身を起こすと、そこにそっくり人体の形に型取りされた砂のくぼみがあらわれるのだった。

「まあそれもあるだろうけど、ある種メタファーじゃないのかな」と友人は、私が呑み込んだ言葉をそっくり取り出すようにして言った。「その人がどんな死に方をしたのか、肉体的のみならず精神的に、ということだけど、それを仮に砂で表現するとしたら、というコンセプトじゃないのかな」

なるほど。安らかに死んでいった人、苦しんで死んでいった人、無念そうに死んでいった人、覚悟して死んでいった人、覚悟もないままに死んでいった人。それらさまざまな死にざまが砂の形状にあらわされているのではないか。

制作者はおそらく、医師や看護師や遺族を訪ねて、当該死者の臨終の様子を取材したのだろう。それにしても、これほどのなまなましさを打ち出せるのだから、ほとんどアーティストというべきだ。砂絵ならぬ、死者の砂のアーティスト。けれども、死にゆく者の心の内までは、それこそ巫女にでもならなければわかるまい。

訝しい思いを引きずったまま、何はともあれ私たちは、順路を起点まで戻り、ほぼ一定の間隔で並んだブース内の砂の褥を、あらためてひとつひとつ検分してみることにした。

「臨終博物館とは」と友人は、歩きながら、思いついたように私に言葉を投げた。「実は博物館の名を借りた、現代美術っぽい巨大インスタレーションの展示会場だったりして」

「まさか」と私は応じた。誘っておきながら、水を差すようなこと言うなよ、と言いたかったた。

最初のブースの砂は、おおむね平坦に敷かれ、真ん中にわずかにへこみが見られた。ということはつまり、このブースの死者は、ふわりとした感じで死んでいったのだろうか。

しかし、死者の名前などが記された文字の表示は一切ない。ただ、敷き詰められた砂のかたわらに音声の再生装置があり、試しにそのタッチパネルを押してみると、数秒ののち、たしかにやや濁った感じの女性の音声が流れ始めた。

「桜田貞子さんです。四月十五日に当病院で亡くなられました。享年九十八歳でした。生前の声はありません」

音声はそれで終わっていた。なんともあっけない。九十八歳ともなると、もはや十分すぎるほどに生きて、この世への未練もなかったのだろう。体も小さくなって、ほんとうにふわりと、揮発するように亡くなっていったのではないだろうか。それで声も残っていないし、砂もほとんど平坦なのだ。

勝手にそのように解釈して、私たちはつぎのブースに移った。敷き詰められた砂は、いま見たのとは打って変わって、中央を深く穿たれていた。おお、と私たちは唸った。深々と穴を穿つように死んだ死者！　床近くからの間接照明のせいで、周囲の盛り上がった部分は明るく照らされているので、余計に真ん中だけ黒々と穴が開いているようにみえる。まるで死者は、みずから墓穴を掘るようにして、そこへ生を収束させていったかのようだ。ということは、よほどの覚悟の上での死だったのだろうか。

「もしかしたら自殺？」私は友人に問いかけた。

「いや」と友人は答えた。「この臨終博物館に展示されているのは、聖ルカ病院で息を引き取った死者の砂に限定されているということだから、自殺者は含まれていないはずだよ」

とすると、死への恐怖やひどい苦痛のうちに息を引き取った？　私たちはタッチパネルを押してみることにした。するといきなり録音された生前の声が聞こえてきた。

「従容として死を迎える。そんなことがあるものかと思っていましたが、いま自分がそういう心境になっているので、不思議な気分です。まるで他人事みたいな。十分に生きましたし、思い残すことはありません。死後の世界ですか。ないでしょう、そんなもの。無へと、きれいさっぱり消えていくだけです」

衰弱した体からやっと絞り出したというような、いかにも死が間近に迫った人の声、というリアリティがあるが、声自体はまだかなり若く、五十代から六十代にかけての男性か。だがどこまで聴いても、死者の名前は明らかにされない。遺族の意向だろうか。いや、そもそもこの死者は、なぜ生前の声の録音に応じたのか。それとも、声の遺書のつもりでたまたま自分で録音したものが、いまこのように流されているのか。

謎の深まりのなかで、最初の「従容として」という言葉からは、ガン死を私は考えた。昔何かの本で、余命を告げられたガン患者は、最初は動揺し、どうして自分が、自分だけが、と行き場のない怒りを覚えたり、生きたいという欲望と激しく葛藤したりするが、やがてそれも鎮まり、最後は穏やかに死を受け入れる、というようなことを、読んだ記憶がある。しかしそれならば、なぜ砂はこのように深々と穴を穿たれているのか。

従容として死を迎える、というのは表向きで、ほんとうは生への執着や死の恐怖が最後の最後まで続いた。それで穴はこんなにも深くなった。でも、当該死者以外の誰がそのことを確かめられよう。穴を穿ったのは、もちろん直接には当該死者ではなく、事後的にその最期を取材したであろう死者の砂のアーティストである。あくまでも彼の憶測や推理や想像力でこの砂の形状は決められたのだ。

するとやはり、アーティストは、この死者が余命を知って激しく動揺してから、運命として死がいわば有無言わせずに訪れるに至るまでの全プロセスを、この穴の深さに込めたのではあるまいか。

というのも、食道癌で死んだ私の叔父の最期の日々のことが思い出されてきたのである。親族のうちではめずらしく親しみを感じていたので、何度か見舞いに行ったが、そのたびに病室が変わるのだった。六人部屋から二人部屋へ、そして最後は個室へ。二人部屋に移されたときから叔父の体にはさまざまな管がつながれ、心電図のモニターも設置された。意識はまだあるようだったので、それらの変化が死へのまぎれもないカウントダウンであることは、叔父にもわかっていたのだろう。その、天井をみながらたえず不安そうに動いていた眼を忘れることができない。叔父の眼はただでさえ大きいのだが、周囲の肉がそげ落ちた分だけ、なお一層ギョロ眼となって動くのだった。ただ、もう何もみえてはいないようで、そのかわりに、死をひたすら、強烈な不安とおののきのうちに待っているような、あるいはむしろ、死を待つことそれ自体がむごたらしくも球体として結晶してしまったような、そんな眼だった。

その眼を脳裏に甦らせながら、深々と穿たれた穴の意味はどうもそのように考えるのが妥当であるように思われてきて、私はようやくその砂を離れることにした。友人はもうつぎのブースの前に行っていて、眼前の砂を眺めている。

その三番目のブースの砂は、やはり中央がくぼんでいたが、浅くもなく、深くもなく、こう言ってよければ中庸を得た、あるいは端正なくぼみであった。私はふと、石原吉郎の「フェルナンデス」という詩を思い出した。

「石原吉郎に『フェルナンデス』という詩があるよね」と私は友人に言った。友人は知らなかったとみえて、すかさずスマートフォンを取り出し、さきほど私がやりかけたように、「石原吉郎　詩　フェルナンデス」でグーグル検索にかけたようだった。そんなものまで検索できるのか。しかしやがて、「ああこれか」と友人は私に画面を見せ、その光で顔を青白く染めながら、つぶやくように朗読し始めた。

フェルナンデスと
呼ぶのはただしい
寺院の壁の　しずかな
くぼみをそう名づけた
ひとりの男が壁にもたれ
あたたかなくぼみを
のこして去った
〈フェルナンデス〉
しかられたこどもが

目を伏せて立つほどの
しずかなくぼみは
いまもそう呼ばれる
ある日やさしく壁にもたれ
男は口を　閉じて去った
〈フェルナンデス〉
しかられたこどもよ
空をめぐり
墓標をめぐり終えたとき
私をそう呼べ
私はそこに立ったのだ

「うん、なかなかいい詩だね」と友人は言った。
「だろ、ぼくなんか、読んで涙ぐんでしまったよ」と私は言った。
ある日、ひとりの心優しい男がいて、どこかの壁にもたれていた。それからどこへともなく立ち去ったのだが、そのとき、もしかしたら、彼がもたれた固い壁に、あたたかくやわらかなくぼみが残るのではないか。おそらくはそんな発想のもとに書かれた詩である。そして詩人はそのくぼみにフェルナンデスという名前をつけたのだ。

私には、いま見ている死者の砂のくぼみが、その石原の詩のなかの、壁に残されたくぼみをそのまま横に寝かせたものではないかと、どうしてもそのように思われてならなかった。それだけではない。私はふと、性別はちがうが、なぜかこのくぼみこそ母のもののような気がして、友人の方に顔を向けると、彼は私の気持ちを察したのだろう、ためらわずに音声再生装置のパネルをタッチした。数秒の沈黙。それから聞こえてきたのは、「ええ、世の中には奇特な人がいるものでして」と、なんと濁声の落語家の陽気な高座のライブであった。

「落語家フェルナンデス」

とっさに友人は冗談を飛ばした。しかし、それがかえって私の気を悪くしてしまったことに気づいたかのように、すぐさま、

「いずれにしても、拍子抜けだね」と取り繕った。私はうなずき、友人もそれを機械的に繰り返すようにうなずき、私たちはそのブースを離れた。

四番目以降のブースは、ここにいちいち報告しない。ざっくりした印象のみ書き記しておくと、繰り返すが、へこみの輪郭や深さは死者によって違う。妙な言い方だけれど、ふわりとした感じで死んだ人や、深々と穴を穿つように死んだ人がいるのだ。また、よく見ると、へこみの底のあたりの砂が黒ずんでいたり、黄ばみを帯びていたりしている場合があった。出血や嘔吐の跡を模しているのだろうか。砂のベッドがほんとうの死の床のレプリカ、いやメタファーにすぎないとしても、これはかなりリアルである。なかには、雨のあとの未舗装道路のように、くぼみに水がたまっている砂もあった。水っぽい死、と私は不謹慎ながら形容して、それからしかし、胃から酸っぱいものがこみ上げてきた。

ふつうの言い方をすれば、誰ひとりとして同じ死に方はしないということである。水っぽい死があり、干からびたような死があり、あるいは骨っぽい死があり、ぐにゃぐにゃした死があり、灼けつくような死があり、ひりひりした死があり、ねっとりした死があり、ざらざらした死がある。それらひとりひとりの固有の死があるだけで、それを死の一般論のほうへと回収することはできないということである。死者の砂のアーティストは、多種多様な砂の形状の具現を通して、そのことをこそ伝えたかったのではあるまいか。ただし、へこみの輪郭や深さが何を意味しているのか、ひどく苦しんだということなのか、死を十分に受け入れたということなのか、それは見る者の判断にまかせるというふうだった。

こうして私たちは、およそ一ダースほどの死者たちの砂を経めぐっただろうか。母のブースは、母の砂は、とそればかり考えて移動していったからなのだろう、ふと気づくと、友人の姿がないのだった。ぐるりとあたりを見回しても、どこにも見当たらない。

そうか、ダンテの『神曲』だな、と私は思った。その「地獄篇」と「煉獄篇」は、詩人ダンテが、古代ローマの大詩人ウェルギリウスに先導されて地獄や煉獄をめぐるという話である。そしてめぐり終えたそのときに、ウェルギリウスの姿も消えてしまう。その先にまだ天国という訪問先が待っているのだが、このローマの大詩人はキリスト教の洗礼を受けていない辺獄の住人なので、天国を案内する資格がないのである。

友人はおそらくそのウェルギリウスの役を担ったのだろう。自然にそのように思われてきた。もっとも、友人は詩人ではない。大学で社会学を講じているれっきとした学者である。私は彼と大学の路上観察のサークルで知り合った。大学卒業後しばらく音信が途絶えていたが、とある文学賞のパーティーで再会し、以来何かと情報を提供してくれたり、街の不思議なスポットを見つけては私を探訪に誘ってくれたりしている。今度の臨終博物館ツアーも、その一環と言えなくもない。

ともあれ、ウェルギリウスのように友人もまた消えてしまった。これから先は私ひとりで母の砂を探し当てなければならない。『神曲』ではウェルギリウスと入れ代わるように、亡き永遠の恋人ベアトリーチェがあらわれて、天国へとダンテを導いていったのだった。そこが私とは違う。もうひとつ違うのは、地獄から煉獄へ、煉獄から天国へという『神曲』の垂直的な他界の構造が、おそらくこの臨終博物館には存在しないということだ。どこまでも水平的に同じレベルで死者の砂が展示されている。もはやそれは明らかだった。

私はひとりで歩き始めた。「人生の道の半ばで／正道を踏みはずした私が／目をさました時は暗い森の中にいた」という『神曲』冒頭の数行が、ページを逆に辿ったように私の脳裏にあらわれてきた。全くもって私も、生の半ばを過ぎた人間であり、「暗い森の中」よりはましだが、臨終博物館という薄明の空間のなかに迷い込んだ気分だ。いま、先導役の友人の姿が消えて、やや解き放たれたような、同時にしかし、よりどころがなくなってしまったかのような、そうしてなお、あてもなくふわふわと、未知の空間のほうへさまよい出てしまったというような。

この気分は、つい最近も味わったような気がしてきた。いつ？　どこで？　頭のなかの記憶の迷路に踏み込んでそれを突き止めることのほうが、眼前の死者の砂をいちいち訪ね歩くよりも、さしあたっての緊急事項であるように思われて、私はたぶん、夢遊病者のような状態になったにちがいない。数分後、ようやく思い当たった。なんのことはない、母の臨終を知らされたときの気分がそれだ。

あのとき、夜遅く、私は都心に向かう幹線道路を、危篤の母がいる聖ルカ病院まで、自分の車で走行していた。スマホの着信音が鳴り、母の臨終を知らせる親族からの電話に違いないと直感した私は、車を路肩に止め、スマートフォンを耳に当てた。やはりそうだった。そうか、やはり間に合わなかったか。とくにこみ上げてくるような感情は生じなかったが、それでも、どこか頭の奥のほうで、なにか張りつめていた神経のようなものがぷつんと切れ、いつもの耳鳴りとはちがうキーンという高音域の音が響きわたったような気がした。おりしも、大型のタンクローリーが、びりびりと空気を引き裂きながら、切れたその神経やキーンという音を絡め取るように私の車の脇を通り抜けていった。そうか、自分はいま、みえない臍の緒の最後の名残をぷつりと断たれて、決定的にこの世へと、いや宇宙へと放り出されたのだ。

いわば、二度目の誕生の瞬間。これまでは、母という、つらくなれば顔を埋めて泣いてもよい場所が担保されていた。だがもう逃げ場はない。帰るべきところもない。私はひとつ深呼吸をして、それから周囲をぐるりと見渡した。見渡しながら、なぜかこの光景のすべてを記憶しようと思った。いや、記憶しなければならないと思った。歩道の向こうには煌々と明るいコンビニエンスストアがあり、雑誌コーナーで立ち読みしているいくたりかの人の頭が、蝿かなにかのようにみえる。私はシャッターを切るようにまばたきして、それを記憶した。通りの向こうにはゴルフ練習場があり、すでに閉まっていて、芝生の斜面にころがっているゴルフボールが、闇に浮かぶ水銀の粒かなにかのようにみえる。やはりまばたきのシャッターを切って、私はそれを記憶した。

そう、あのときのあの気分が思い出されてきたのである。と同時に、そのように思い出されてきた以上は、もはや母の砂という、砂による母の臨終の再現を追い求めてもあまり意味がないことのように思われてきた。するとどうだろう、死者の砂そのものへの関心も急速に薄れてゆくような気がし始めたのである。その後も死者の砂を展示するブースはつづき、相変わらず私はそれらを見て歩いたが、そこに砂があるから砂を見るというような、だらけて惰性的な作業にすぎなくなり(たしかに、一ダースを過ぎるあたりから、前と同じような形状の砂が多くなったということもあるが)、まなざしはむしろ、この展示スペースの出口はどこなのだろうと、それを探すことに向けられるようになった。要するに、死者の砂に、私はいささか飽きてしまったのだ。

とそのときだった、右手奥の、出口ではなく、引き込み線のようになった先のブースに数人の人だかりができていて、そこから、誰かが再生装置のタッチパネルを押したのだろう、妙に聞き覚えのあるような音声が聞こえてきた。誰のだろう？　私は足をとめ、聴き入った。軽いビートの音を背景に、とぎれとぎれに同じひとつのフレーズを繰り返しているような、暗い、沈み込むように暗い男の声である。ラップ？　いや、もっとスローテンポで、もっと詩の朗読のような何かだ。一瞬ののち、私は慄然とした。私の声ではないか。まさか。しかしなお耳を澄ましていると、「うるおう、うるう、秒、うるおう、くるう、秒」——まちがいない、私の詩であり、私の声だ。数年前、私はその詩を都内のとあるライブハウスで朗読したことがあり、もちろん、音声は録音されている。

ということは、私はすでに死んでいて、私の臨終の様子を伝える砂が展示され、生前の私を知るよすがとしての音声が流れている？　とすれば、いまの私は誰だろう。あるいは、SFめくが、ここに至るどこかで時空の歪みが生じて、一時的に私は私の死後に追いつき、その時点から、来たるべき私の臨終の様子を覗き込もうとしている？　あるいは、これがいちばんありそうなことだが、今度こそ誰かに、それこそさっき姿を消したあの友人に、私はかつがれている？　知りえないままに私は、人だかりをかき分け、私のものかもしれぬその砂のほうに近づいてゆく。めざめてもなお夢のなかをさまよっているかのようだ。

＊『神曲』からの引用は平川祐弘訳（『世界文学全集3』、講談社）による。

崖の下のララ

定理のように言えば、ひとりよりもふたりのほうが世界は深い。そして夜よりも昼のほうが世界は深い。というのも、こんなことがあったからだ。

私は女とタクシーの後部座席に乗っていた。女は私の妻、あるいは妻となるはずの人で、私たちはおそらく、とある高原のコンサートホールで行われる音楽祭に向かう途中だった。もちろん関係者としてではなく、一観客として。私たちは幸せだった。ふたりでいることの幸せを存分に楽しんでいた。ふたりでいること、いやむしろふたりであること、それはあたかも、労働者であるとか、同じ言語を話す者であるとか、私たちをめぐるほかのあらゆる規定を超えて、世界へとゆるぎなく臨んでいるかのようだった。

高原にはよく知られた温泉街があった。八月下旬のある日、午後遅く、私たちはそこのとある老舗の温泉宿にチェックインして、部屋に案内されたあと、しかし温泉には入らず、そのままタクシーを呼んで音楽祭の会場に向かったのだった。音楽祭といってもロックフェスティバルのような大掛かりなものではなく、クラシック音楽を主体とした小規模なもので、それでも毎年、この高原の夏の終わりを彩るイベントとして、一週間にわたって行われるのである。

女を私に引き合わせたのは、しかし音楽ではなく美術だった。いつだったか、都心のとある美術館で、「マン・レイと女性たち」というタイトルのもと、シュルレアリスム系の美術家マン・レイの大々的な回顧展が行われたことがあった。詩人である私は、シュルレアリスムに並々ならぬ関心があり、またその運動からかなりの影響も受けていた。なので、その回顧展にもいそいそと出かけていったのだった。

タイトルのせいか、女性の鑑賞者が多かった。女性がマン・レイの写真作品のモデルになるというのは、半分オブジェになる、つまりモノ扱いされるということだが、今の女性には抵抗がないのだろうか。たとえば、ソラリゼーションという手法を施されると、まるで金属でできたような女体の輪郭が浮かび上がる。しかし、見て歩く女性たちは楽しそうだ。作品へのリスペクトは時代の空気を越える、ということだろうか。

展示を一通り見終わった私は、そんなつまらないことを考えつつ、出口につづくアートショップに立ち寄った。あれこれ記念のグッズを見ているうちに、写真家というイメージが強いマン・レイの希少な油彩のひとつ、まだら模様の空に巨大な赤い女の唇が浮かんでいるあの有名な「天文台の時刻に――恋人たち」のミニレプリカがあるのを目に留めて、それを買い求めようと手を伸ばした。すると偶然、もう一つの手が伸びてきて、ミニレプリカの手前で触れ合ってしまった。それが女の手だったのである。

「どうぞ」と私が譲ろうとすると、

「どうぞ」と女も言う。それで私たちは思わず笑い合ってしまった。

「趣味が合いますね」と私は、ナンパする男のように、ためらいのみじんもなく言葉を発した。

「唇の?」と女は尋ねた。

「ええ、唇の」と私は答えた。

なんとなく淫猥な禅問答のようだった。おまけに、運悪く、あるいは運よく、そのときミニレプリカは一つしかなかった。女は私にそれを譲った。お礼に私は、女を美術館に隣

接するフランス風のカフェに誘ったのだった。私がベルギーの白ビール、ヒューガルデンホワイトを注文すると、女は、

「私もそれが好きなんです」と、同じビールを注文した。なんとも不思議なくらい趣味が合う。私がひと足さきにビールを飲み終える頃には、ふたりとも離婚歴があり、子供はいないこと、そしてなんとなくこれからのパートナーを探していること、などがわかった。

「ところで、さっきの唇ですけど」と私は、別れ際に言った。「よく見ると、恋人たちの裸体が重なり合っているようにも見える。気づきましたか」

「えっ、ほんとうですか」

「ええ、マン・レイ自身がそう述べているんです」

それから間もなくのことだった、私と女が、あの空に浮かぶ上下の唇を真似て、裸でぴったり重なり合うような仲になったのは。

道は高原の森を縫ってすすんだ。高原をぐるりとひとまわりする周遊道路で、温泉街を過ぎると、ナラやカラマツの木立越しに、別荘やペンションの建物が散在するようになった。左手にスキー場が見えてきたところで、タクシーは右折して周遊道路から離れ、別の山の中の道に入った。道の片側に深い谷がのぞいたりして、高所恐怖症の私は少し足がす

くむ感じがしたが、女の方は気にもならないらしく、快活に音楽祭のプログラムのことなどを話していた。

「武満徹がビートルズの曲を編曲しているなんて、知らなかったわ。やっぱり、現代音楽風になるのかしら」

地形が平坦に戻ったところで、私はようやく応答した。

「武満徹という作曲家は、独学だったせいか、自由な発想ができたんだね。それゆえの軋轢もあった。尺八や琴を取り入れた『ノヴェンバー・ステップス』も、初演の時はかなり抵抗があったらしい。アメリカのオーケストラだったけど。きょうは室内楽だろうね、会場も狭いから」

「でも、楽しみね」

私は頷いた。ふたりでいることの幸せを噛みしめるように、大きく頷いた。ただ、演奏するのは誰だっけ、なんというグループだっけ、そのことが少し気にかかり、それを女に確かめさせようとしたそのとき、道がとあるカーブにさしかかった。それを曲がるとトンネルである。左側は崖になっている。ちらっと見ると、なんとガードレールがない。まさかこんな高原リゾートの林道にガードレールがないなんて、信じられなかったが、ないものはないのだった。私はまた、なおいっそう足がすくむ感じがして、件の質問はトンネルに入ってからにしようと思った。

運転手はスピードも緩めないまま、ぎりぎりまで真っ直ぐにすすんで、「おいおい、大丈夫か」と思っていると、それから急ハンドルを切ってカーブを曲がろうとした。ところが、一瞬曲がりきれず、脱輪して車の左半分が宙に浮いた。そのとき、遠心力によってか、ドアが開いて、女が外に振り落とされた。というか、座席がそのままストンと抜けたようになって、そこから女は谷底に向かってほとんど垂直に落下していったかのようだった。私は手を差し伸べるひまもなかった。

なのに、その一瞬は、時間が止まった、とまではいえないにしても、途方もなく長く伸びたように感じられた。落ちてゆく瞬間の女の表情をいまもよく覚えている。恐怖というよりは驚愕の表情であり、「なぜ私が、私だけが」という思いが顔いっぱいに広がり、頬には恥じらいの赤らみが差したようにさえ見えた。その顔がスローモーションのようにすうっと下方に消えてゆく。それをゆっくりと見送りながら、私、というか私の身体は、すぐさま、何ごともなかったかのように座席で車の前方に向き直り、車も脱輪を難なく乗り越えてカーブを曲がりきり、トンネルに入っていった。それはまるで、落下した女と、とどまった私と、そのはざまで、重力の支配する世界と重力の及ばない世界とが、一瞬くっきりと分かれたみたいだった。こんな過酷な、理不尽な分割が起こりうるのだろうか。

このときほど存在について、私たちが存在するということについて、震撼させられたことはなかった。私は昔見た映画の一シーンを思い出した。スタンリー・キューブリック監督の名画『二〇〇一年宇宙の旅』のラスト近く、ハルというコンピュータの反乱によって宇宙船は統御不能となり、ボーマン飛行士は宇宙空間に放り出されてしまう。恐怖に見開かれた彼の眼。宇宙空間の恐るべき無音の漆黒の闇を、どこまでも落ちてゆく宇宙服姿。ちぎれた命綱を、干からびた臍帯のように漂わせながら。

トンネルを抜けたところで私は運転手に大声を発し、車をとめさせた。

「ふざけんなよ」

「えっ?」

「責任は後で取ってもらうとして、とにかく彼女の安否を確かめなくては」

「彼女? 安否? 何言っているんですかお客さん、ずっとひとりですよお客さんは」

「ふざけるのもいい加減にしろよ。あんたが乱暴な運転をして、ドアまで壊れているもんだから、彼女は振り落とされてしまったじゃないか。過失傷害致死、いや殺人だよ」

運転手は、一瞬わけがわからないという表情を顔に浮かべ、しかしつぎの瞬間には、狂人を相手にしているという恐怖の表情に変わり、硬直した。私は運転手のIDカードをスマートフォンに撮って、激怒とともに車の外に出た。何はさておき事故の顛末を見届けなければならない。念のためスマートフォンで女に電話してみたが、応答はない。あの崖の高さだと、女は何度か岩に当たってバウンドしたあと、地面に激しく叩きつけられて、ほぼ即死だろう。女へのかぎりない憐れみと女を失った絶望感が私を襲った。女は私の妻、あるいは妻となるはずの人だった。

そのときふと、うっすらとながら、罪の意識にも襲われた。女が落下したとき、私はほんとうに手を差し伸べるひまもなかったのか。ためらいの一瞬のようなものが、もしかしたらあったのではないか。そのわずかゼロコンマ数秒ぐらいのあいだに私は手を差し伸べ、女を救おうとするべきだったのではあるまいか。仮にその姿勢のまま、引きずり込まれるようにして、女と一緒に落下してゆく羽目になったとしても。

タクシーを止めた林道から、細い道がヘアピンを描いて、森の中をさっきの崖のほうに伸びていた。道の入口のナラの木に立て看板がくくりつけられて、「熊出没注意」とある。おいおい。でも、トンネルのある山の縁を回っているらしいこの道を辿れば、女の墜落現場に行けるかもしれない。確信はなかったが、そうするしかなかった。私は歩き始めた。最初は道も道らしく踏み固められ、森の中の遊歩道という感じで快適だった。ところが、道は途中からさらに細くなり、ほとんど獣道のような状態になった。それこそ、ほんとうに熊が出るかもしれない。おまけに、右下は急勾配の斜面になって来た。滑り落ちないように慎重に下草を踏み、躓かないように木の根にも注意しながら、私はすすんだ。すすむしかない。生い茂る木の小枝が行く手を阻むこともあり、それを払ったり、ときにつかまったりもした。ナラの木が多かったが、ブナ、カエデの類の葉も確認され、秋には見事な紅葉黄葉の錦織を織りなすのだろうが、いまは緑一色で、息苦しいほどだ。

どのくらい歩いたのだろう。さらにそのさきの途中では、道を見失ったと思った。しかし彼女を見つけなければ。その思いが道を、道なき道を、木々のあいだになおも存在させているかのようだった。そのうちに不意に道が広がり、林間の空き地、いや、踊り場のようなところに出た。見上げると、崖が見え、トンネルの入口が半分ほど見える。ガードレールも何もない。あそこだ、あそこから落ちたにちがいない、と私は思った。驚いたのは崖の高さだ。さっき車の中からは、奈落の底にしか見えなかったのに、もう一度見上げて、目測で距離を測ってみると、せいぜい十メートルぐらいしかない。これなら、打ちどころさえ悪くなければ、腰か足を強打するくらいで、一命は取り留めているかもしれない。

しかし、肝心の女がいないのである。私は崖の下の草地をくまなく眼で探したが、どこにも見当たらない。気絶して倒れたまま、草深くに埋もれてしまっているのかもしれない。私は丈高い草をかき分け、一歩一歩踏みたしかめるように歩いた。しかし、見つからない。私はふと、さっきの運転手とのやりとりを思い出した。「何言っているんですかお客さん、ずっとひとりですよお客さんは」。運転手の言う通り、女とはつまり、私の妄想の所産であって、最初から私はひとりだった?

まさか。それこそ妄想だ。私は頭を振って弱気を払い落とし、女の捜索をつづけた。草地はそのまま平地林につづき、その向こうには、樹間越しに、きれぎれに林間のキャンプ場が見えている。さっきタクシーに乗っていたときは、ほとんど人の姿を見かけない山中という感じだったが、案外そうではないのかもしれない。平地林は手入れがされていて、下草の類もほとんどなく、今までの鬱蒼とした斜面の森とは大違いだ。私は反射的にそこをキャンプ場に向かって歩き始めた。女もまた、転落して怪我したものの、立ち上がり、ひとりでキャンプ場のほうに歩いて、どこか救護所のようなところを目指したのではないか。あるいは、たまたま事故現場の崖下を通りがかった誰かが、倒れている女を見つけて、担架で救護所まで運んだのだ。そう、そうに違いない。私は念のためスマートフォンを取り出し、ＬＩＮＥや電話の着信履歴を調べてみたが、女からのメッセージはなかった。こちらからも再度電話してみたが、やはり応答はない。

　この上は自分で女の居場所を探すしかない。そうして彼女を救うのだ。あの、存在することの深淵、あるいは世界の深さが彼女にだけ開いたことへの驚愕の表情、もしかしたら恥ずかしさをも含むあの赤らみの表情から救うのだ。

　平地林をキャンプ場の方へと歩くとすぐに、キャンプ場の利用客だろうか、チェックのシャツにカーキ色のベストを着た男に出くわした。初老のその髭面に、思い切って私は尋ねた。

「さっきあの崖から人が落ちたんですけどね」

　そこからはまだかろうじて崖が見えたのである。すると男は、

「自殺？　低すぎるよ、死なないんじゃないかな」と、冗談には冗談をもって返すのが礼儀とばかりに、ニヤリと笑ってそう言ったあと、木立の奥に消えてしまった。

　仕方なく私は別の目撃者を探して、キャンプ場の中まで入っていった。色とりどりのテントが見え、木立の間にはバンガローがいくつも見える。そろそろ夕暮れが近いからだろ

う、夕食のバーベキューの準備を始めているグループもいる。しかし、救護所もしくはクリニックのようなところはどこにも見当たらなかった。

キャンプ場は、地獄谷と呼ばれる渓流の河原に続いていた。河原のところどころから温泉が湧出し白煙が上がるので、そう呼ばれているらしかった。地獄谷の先は温泉街になっている。そこまで行けば、さすがにクリニックの一つや二つあるだろう。そう思って、河原の遊歩道を歩き始めようとすると、向こうから、消防服のようなツナギを着て長靴を履いた若い男がやってきたので、もしやと声をかけてみた。

「あのう、さっき向こうのあの崖から」と私は、もはや視界から消えかかっている崖を指しながら言った、「人が落ちたんですけどね」

また冗談にとられるのではないか。ふとそんな不安がよぎった。

「ああ、女の人ですね」

「え、ええ、そ、そうです」

私はまるで、女の安否より何より、自分の話が通じたことに安堵したかのように、一瞬顔をゆるめた。

「その人なら、私たちが発見して、救護所まで運びました。怪我をしていますけど、命に別状はないみたいですよ」

「ああ、それはよかった。助けてくださったんですね」

私は、できればその場にへたり込みたいくらいに、今度は正真正銘、安堵した。そして、やや遅れてお礼を言うと、男は照れ臭そうに笑い、

「案内しますよ、すぐそこですから」と、地獄谷の入口にある救護所まで案内してくれた。なんだこんなところにあったのか。何度も通りかかった白いテント張りの小屋、それが救護所だった。

「この中に女性はいます」

男はそう言って、キャンプ場の方へ立ち去った。私は丁重にお辞儀をして彼を見送った。テントの中に入ると、奥にさらに仕切られたスペースがあり、覗くとそこに女はいた。ベッドの上に座り、口は半開きで、憔悴しきったような顔をしている。無理もない、あんな運命の仕打ちを受けたのだから。女は紺のワンピースを着ていたが、崖から落ちたときのものだろう、泥がついていた。顔には擦り傷もあった。私は仕切りの中に入り、

「ララ」と声をかけた。ということは、女の名前はララというのにちがいない。しかしあまりにも嘘っぽい。どこからか、古い欧米の映画のテーマ音楽が、情感たっぷりに流れ

てきそうだった。たとえば、パステルナークの同名の小説を映画化した『ドクトル・ジバゴ』を私は観たことがあり、そのヒロインの名前がララというのだった。それですぐさま、ララという名前は消え去っていった。女はただの女に戻った。私がただの私であるように。そしてさらに何かいたわりの言葉を探していると、女のほうから言葉が出た。

「あなたいつも遅いんだから」

私はふと、女の名前はウラかもしれないと思った。萩原朔太郎の詩に「猫の死骸」というのがあり、そこでは、逢引の場で話者を待っていた女の亡霊が、「あなた　いつも遅いのね」と言う。その女の名前が「浦」というのである。

「ごめん、これでも現場から慌ててタクシーを降りて、きみを探したんだ」

「そう」

女はあきらかに私に対して距離を置いているようだった。

「で、どうなの、怪我の具合は」

「これから応急処置を受けるところなの。だから、少し外で待っていて」

「そうか、そうするよ、外で待っていればいいんだね」

私はその場にいた看護師らしき女性に、「外にいるので、処置が済んだら教えてください」と伝え、テントの外に出た。

近くの白樺の木立の下にベンチがあったので、そこに座った。背後から斜めに射してくる西日は、もう夕陽に近かった。そのときはじめて、コンサートのことが頭をよぎった。武満徹の曲は、比較的プログラムの最初のほうだったので、もう演奏されてしまったに違いない。締めの曲はたしかシェーンベルクの「浄められた夜」だったと思い出しながら、私はあらためて、いまの短い会話のやりとりを再現してみた。女の言葉のあのよそよそしさはなんなのだろう。言葉ばかりではない。再会できた彼女の顔を脳裏に浮かべてみた。それは擦り傷があるだけではなかった。どこか青ざめ、いっぺんに十年も老けてしまったような、いや、ほとんどもう亡霊のような顔だったことに、いまさらのように気づいた。痛覚からやや遅れて、血がおもむろに流れ出してきたように。

待っているあいだ、手持ち無沙汰になんとなく自分の掌や手の甲を眺めているうちに、ふと女との性愛の場面が蘇ってきた。つまり手指の感触のほうが、あれこれの視覚より、女の乳房や腹から腰にかけてのラインをそっくりそのまま覚えているのだ。そのことに私は少なからず驚いて、いっそう女のことが愛おしくなった。

私は思い出していた。交接して佳境に入ると、「首を絞めて」と女は言うのだった。その通りにすると、女は一段と喘ぎ声を高めて、それだけではない、膣の締まりもすごくなって、私の分身もキュウキュウと喜びの声をあげるのだった。

そんな愚にもつかない情交の思い出にひたるうち、いつの間にか、私はうとうととしてしまったのに違いない。

すると私は不意に家の中にいて、女の家だが、居間のソファに座り、それなりに寛いでいる。今夜は何を女に食べさせてやろうか。憚りながら、料理が趣味なのである。ところが、そこから状況が一変した。女が言うには、昨日から鰐を飼い始めました。鰐？　ええ、鰐です。あのギザギザの歯の？　ええ。どこに？　まさか浴槽？　いいえ、浴槽にではなく、床に。私はあたりを見回した。小さな鰐、あるいは鰐の子なので、危険はありません。しかし鰐は鰐ではないか。じっさい私は、そのとき以降、出会い頭に鰐を踏んだりして、ついでに噛まれやしないかと気が気ではない。それならば女に抗議すればいいではないか。鰐を外に出してくれ、でなければ自分が出ていく、ぐらいの気迫を持って。ところが、鰐との共生はあらかじめ取り決められていたかのごとくで、鰐を排除しようなどとは思いもよらないことなのだった。こうしていまも、深夜、いつものように歯を磨くため洗面所に行こうとするが、途中の廊下の暗がりで何かモノを踏んだという感触が足裏にあり、すわっ、鰐か、と思わず飛びすさる私――

とそのとき目が覚めて、まるで泳ぎ終えて水面から顔を出したときのスイマーのように、あたりを見回した。背後から来る夕陽に近い陽射しの角度、木立の影の長さ、ほとんどなんの変化もない。まどろんでいたのは、時間にして五分かそこらのことだったのだろう。そんな短い時間にも、何とも不思議な夢をみたものだ。鰐と女。揺れ動く閾。しかし私は、この恐るべき超現実的な関係をそれ以上は追求せず、ふたたび待機の時間へと全身を滑り込ませていった。

しかしいくら待っても、処置の終了を伝えにくるはずの看護師が姿をあらわさない。どうしたのだろう。腕時計で確認すると、救護所にたどり着いてから、少なくとも三十分以上は経っている。しびれを切らした私は、自分から救護所テントの中に入ってみることにした。

誰もいない。そんな馬鹿な、と思いながら、仕切られた奥を覗くと、ベッドに女の姿はなく、代わりに、顔に白布を被せられた人間が横たわっていた。遺体である。胸が少し盛り上がっているので、女性だろう。ということは、私の妻あるいは妻となるはずの人以外にも、この救護所に運ばれてきた女の怪我人もしくは急病人がいて、いましがた息を引き取ったのだろうか。自分の手指に、またそこから繰り出される女との性愛の記憶に気を取られて、担架が運ばれてきたそのシーンを見過ごしてしまったのだろう。あるいはうとしていたあいだに運ばれたのだ。では、私の妻あるいは妻となるはずの人はどこに？またも私は女を見失ってしまったのだ。しかし一瞬ののち、私はさらに激しく動揺した。そうか、もっともありうる可能性、それはあの遺体が女自身のものであるということではないか。やはり、怪我は致命的なものだったのだ。医師が応急処置をしている間に、女は息絶えてしまったのだ。それで看護師はとりあえず白布を女の顔にかぶせたのだ。

だが、その布を手で取り去って、女が起き上がった。まさか。私はかつがれているのだろうか。死んだふりをして、女は私を驚かそうとしたのだろうか。唖然としている私に、

「処置が終わるまで待っていてと言ったのに」と女は悲しそうに言った。一段と青ざめた顔をしていて、これはもう死者の顔だ。

「いや、待ったよ。でも、いくら経っても誰も呼びに来ないものだから」

「それで覗いたのね。でも、仕方ありません、これがほんとうの私です。殆ど即死でした。あのとき、車が宙に浮いた瞬間、私とあなたの間には、あなたも感じ取ったように、存在のあり方の決定的な違いが生じてしまったのです。あなたはもう、私を連れて帰ることは

できません」

私は女を見つめた。女も私を見つめた。時間にしてわずか十数秒だったが、同時にその十数秒が異様に引き延ばされて、いわく言いがたい時の流れが生じたようにも思われた。数分、あるいは数時間、あるいは数年。それは未来であり、過去であった。私たちは恐ろしいスピードで時間を駆け抜け、互いの顔に刻まれた老いの皺を認めたかと思うと、今度は時間が急速に過去へと遡り始め、女との出会いにまで遡って、そこからいまに至るまでの思い出のすべてが、女と私を隔てた空間に、まるで高速のスライドショーのように映し出されるのだった。

いや、出会い以前にまで遡って。信じがたいことに、そこには女の葬式の光景も入っていた。とあるメモリアルホールの小さな部屋で、家族葬だったのだろう、参列者は数人しかいない。祭壇の中央に女の遺影が掲げられている。いまよりいくらか若く、優しげにほほえんでいる。ということは、女は数年前にすでに死んでいた？　しかしそのあと私は女と美術館で出会い、一緒に暮らすようになったのだ。そして例の、首を締められながらエクスタシーに達する女の顔まで浮かび上がるのである。

その半開きの唇が閉じられて、顔を離れ、浮遊し、そのあいだにものすごく大きくなって、森のスカイラインの上に浮かぶ。ふたりを引き合わせたマン・レイのあの絵、「天文台の時刻に――恋人たち」の巨大な唇のように。

わけがわからない。見つめ合ったあと、結局、私の方から眼をそらした。数秒のあいだ、ぐるりとテントの内部を見回して視線を戻すと、なんということだろう、いつの間にか女は、ふたたび顔に白い布をかけられ、ベッドに横たわっていた。手は胸の上で組み合わされて、完璧な遺体である。もう何時間も前から死んでいたというような。

惑乱のうちに私はテントの外に出た。私とすれ違った者は、私をまるで夢遊病者を見るような目で見送ったに違いない。晩夏の午後の日差しが額に強く当たる。まるで私だけ、黄泉の国から生還して、ありがたい地上の陽を浴びたというように。しかし、明らかに変だ。さっきまで、夕暮れに近い時間帯だったはずなのに、額に直射するこの日差し、これではまるで、時間が数時間戻ってしまったかのようではないか。

またしても時間が行ったり来たりしている？　深くは追求することなしに、私はふらふらと歩いた。「ララ、ララ」と女の名前を繰り返しながら。いつの間にか、また名前が女に戻ってきていたのだ。しかしもう、遅すぎる。名前は生とともにあるべきではないか。

それにしても、なんと痛ましい運命なのだろう。事故のそのときまで、女は自分が死ぬなんて夢にも思わなかったのだ。そのことだけが私の念頭にあった。残酷すぎる。ふつう人は、生から死へ、多少とも時間の経過とともに移行してゆく。「ああ自分は死ぬんだ」という意識とともに、覚悟したり、生に執着したり、諦めたりしながら、その意識がフェイドアウトするように死んでゆくということもあろう。それに比べたら、女への死の訪れ方は残酷すぎる。もういちど女には、時間を取り戻させ、変な言い方だが、死らしい死を経験させてやる必要があるのではないか。

こうした奇妙な想念は、すぐさま深い喪の悲しみに変容した。エウリュディケを失ったオルフェウスのように、いまこそ私は、地獄下りをしなければならないような気さえしてきた。しかしもうどうにもならない。あなたいつも遅いんだから。女は私の妻、あるいは妻となるはずの人だった。そうして私は、キャンプ場をよぎり、ナラの木立のあいだを抜け、例の崖の下のところまで戻った。信じられなかった。見上げると崖は首が痛くなるほど伸びていて、およそ五十メートルはあろうかという高さだった。

定理のように言えば、ひとりよりもふたりのほうが世界は深い。そして、夜よりも昼のほうが世界は深い。

歌物語あるいは浴槽

その朝、私はひどい二日酔いとともに目を覚ました。頭はがんがんするし、胸はむかむかする。直前に見た夢も思い出せない。目覚まし時計をみると午前九時過ぎで、いつもより二時間近くも寝坊してしまった。これでは、この時間とこの体調では、とても会社に行けないな。もう少し横になっていようか。しかしいったん覚めた目は、なかなか元に戻らない。そこでとりあえず私は、起きてしまおうと決心した。ふらふらしながらベッドを離れ、キッチンに行ってコップ一杯の水を飲み、それから洗面所に行って顔を洗おうとしたが、鏡に映った浴室の様子がどこかいつもと違う。振り返ってみて、私は仰天した。お湯を張った浴槽のなかに、なんと女が全裸で横たわっているではないか。まさか。ねぼけまなこをこすってもう一度見たが、まだ取れきれない目脂を透かして、たしかに女が全裸で横たわっている。どうやら眠っているようだ。

しかるべく口むろから
あわあわあわあわ
声になりそこねたことばとことばになりそこねた声
とが裂け
咲き
ワッ、キーン
ワッ、キーン

まさかまさか。あわてて私は洗面所の外に出た。いつの間に妻が戻ってきたのだろう。実はひと月ほど前に、妻は家を出てしまっていたのだった。私からの目立ったドメスティック・バイオレンスなどはなかったにもかかわらず、いや、多少はあったかもしれないが、それにモラル・ハラスメント、家事分担の拒否、常習的飲酒。それやこれやで、いわゆる愛想を尽かして。あるいは、たんに、ほかに男が出来たということなのかもしれない。いや、それらすべてが複合し、作用しあった結果、妻はハンマー投げのハンマーのように、この家の外に飛び出ていったのだ。

ともあれ、私は喜んだ。そうか、戻ってきてくれたのか。ハンマーではなく、ブーメランだった妻に、さて、どうやって謝ろうか、関係を修繕しようか。それとも、何事もなかったかのように、さりげなく声をかけるべきか。思案しながら洗面所に戻り、浴室の浴槽に向かって後ろから何か言葉を発しようとして、しかし、どうも髪型とかが妻の雰囲気ではない。浴槽にさらに近づき、正面からみた眠る女の顔は、じっさい、妻とはあきらかにちがう顔だった。年齢もアラフォー（四十歳前後）の妻よりはいくらか若く見える。

はじき出されるように、私はふたたび洗面所の外に出た。そうか、家を間違えたのだ。私は大型のマンションに住んでいる。昨夜、というか夜半過ぎ、おそらく泥酔して帰宅したものだから、自宅のつもりでうっかり隣のドアを開けようとして、ところが、たまたま鍵がかかっていなかったのだろう、開いてしまい、そのまま中に入って、そのまま朝を迎えてしまったのかもしれない。あれは、あの浴槽の女は隣の奥さんだ。私はまさか、彼女に気づかれないまま、居間の片隅、ソファと壁の隙間にでも寝ていたのか。しかし、さっき目が覚めたのはあきらかにベッドの上だった。とすると、夜のあいだに私は奥さんに見つかって、そのあと私たちは何をしたのだろう。たまたま彼女の夫は単身赴任中で、三十代半ばの女盛りのからだをもてあましていた彼女が、家を間違えて入ってきた私を、せっかくだからと誘惑して、ことに及んだのではあるまいか。

泥酔して、なおかつ、男性機能を発揮できるものであるのかどうか、深くは問わないことにしよう。あるいは、実はたいして酔っていなかったのかもしれない。あるいは、しばらく酔いを覚ましてから、しらじらと夜が明ける頃にことに及んだのかもしれない。そうだ、そうに違いない。実を言えば私も、隣の奥さんに懸想するようなところがなかったわけではない。それが実を結んだのだ。生業のほかに私は詩を書くことをひそかな本分としてみずからに課しているが、つまり詩人だが、そういう人種は、北原白秋の昔から、隣の人妻とは恋の過ちを引き起こしやすい。そうすると私は、彼女としばらくこの家で暮らすことになるのか、少なくとも彼女の夫が戻ってくるまでは。それとも隣の私の家に移って、妻の代わりを彼女がすることになるのだろうか。しかし待て、彼女には子供がいるはずだ、小学校高学年の女の子と、小学校低学年の男の子と。彼らはどこにいるのか、もう学校に行っているのか、などと考えながら、しかし、居間に行ってあたりを見回すと、もちろんマンションだから、間取りは画一的な2LDKだが、ソファはくたびれた感じの茶色いフェイクレザー製、壁には私の好きなジョアン・ミロの版画がかかっていて、まぎれもなく私の家ではないか。

　居間のテーブルには飲み残しのワイン、食い散らしたチーズの残骸などが見える。私は混乱した。そうか、自分はまだ夢のなかにいるのだ。よくあることではないか。いったん目が覚めて、それでも起きたくなくてぐずぐずしていると、二度寝というのか、また眠りに入ってしまい、夢のなかでうつつのつづき、つまり起床後のあれこれをしたりする。そのどこかで浴室に行き、私の何かしら潜在的な欲望のあらわれとして、浴槽に全裸の女を発見したのだ。したがって女は、幾分かは私の妻でもあり、また幾分かは隣の人妻でもあり、またさらに幾分かはアイドルタレントのK・Aに似た私の初恋の女の子でもあり、要するにそれらを複合して出現したところの、夢の女Xなのだ。

　ところが、どうもそうではないらしい。コーヒーを湧かすためにコーヒーメーカーをセットしてなお目が覚めないということは、そして何よりも、胸がむかむかして、とてもパンをオーブントースターに入れる気にはなれないということは、つまりもう目が覚めているという証拠であろうから。

脳天むらさき
　　おお
　　崩壊ちちっと
半球の右のへりにきざすまえに
　脳天むらさき

私はもう一度、洗面所から浴室へと赴いた。浴槽にたたえられているのは、お湯ではなく水だ。時間の経過とともにお湯が冷めてしまったのかもしれない。いずれにしても、その水を張った浴槽のなかに、相変わらず女が全裸で横たわっている。これが唯一にして無二の現実である。

女は眼を閉じ、眠っているようだ。おいおい、風邪を引いてしまうよ。言いかけて、あらためて顔を確かめてみると、しかし妻でもないし、隣の奥さんでもない。そんなばかな。私はいちだんと混乱した。同時にしかし、眼を引き込まれた。美しかったからだ。いや、それをいうなら、妻も隣の奥さんもそこそこに美しい。私がいま眼にしているのは、それとは別の、裸体と浴槽との相乗効果が醸し出す美しさ、とでも言えばいいのだろうか。顔立ちだけではない。女はおそらく、入浴するために髪を巻き上げたのだろう、そのほつれ毛がうなじにかかって、それも美しい。眼を首の下へとパンしていくと、乳房はゆたかで、ぽっちりとうす赤く膨れた乳首は思わずさわりたくなる、いや、吸いつきたくなる。そのあたりがちょうど吃水線になっていた。水面下の、腹部のくびれから腰の丸みにかけてのラインもすばらしい。三十代と思われる肢体はさすがにとびきりみずみずしくはないが、それでも熟れきって艶やかという趣はある。腿は閉じられているので、陰毛がそよぐその奥まではみえないが、ひっくるめて、なんとも悩ましい肢体なのである。

だからといって、すぐさま欲情が私に発生したわけではない。繰り返すが、女は眼を閉じ、眠っているようだ。それで私は、「冗談はやめろよ」と、水から出ている肩を揺り動かしてみた。もし目を覚ましたら、とにかく事情を訊いてみるつもりだった。どうしてこんなところにいるのか。私とはどういう関係にあるのか。しかし女は目を覚まさない。どころか、よくみると呼吸していない。つまり死んでいるのだ。なるほど、唇は紫色で、血の気を失ってはいる。

私は思わず引いた。ぞっとしたと言ってもいいかもしれない。こみ上げてくるものがあるので、あわててトイレに入って、便器に顔を突っ込んで吐いた。いや、これは宿酔による嘔吐なのだ。そう思おうとした。じっさい、吐いたことで少し気分がすっきりし、トイレを出た。そして何がどうなっているのか、あらためて事態を冷静に見つめてみることにした。ここは私の自宅で、二日酔いとはいえ自分は確実に目を覚まし、一日を始めようとしている。なのに、浴室の浴槽には女が全裸で死んでいる。肌にはまだいくらか体温が残っていて、死後数時間しか経っていない感じだった。

にしても、ありえないことだ。浴槽に女の死体！　シュルレアリスムのコラージュじゃあるまいし、まだしも浴槽に蛇とか鰐とかなら話はわかる。だがもし浴槽に女の死体――それが唯一の現実だとすると、事の起こりは昨夜にちがいない。そこでようやく思い出した。夕刻、都心の会社を退けたあと、電車に乗って私の住む郊外の駅で降り、改札口を出たところで、ばったり大学時代の友人と出くわして、卒業以来、同窓会で会ったきりの仲なので、なつかしいなあ、いま何してる、とにかく飲もう、となって、駅近くの居酒屋に入ったのだった。それから数時間、最初は定石通り、近況を報告し合うことから始まって、学生時代の思い出に移行した。サークルの飲み会の二次会か三次会で歓楽街のサパークラブに入ったら、法外な金額をむしり取られたこと。すっからかんになって、タクシーにも乗れず、未明の街を果てしもなくさまよったこと。たぶんそのときではなかったか、とある交番から、巡査の不在をいいことに、立てかけてあった防犯キャンペーンの看板を盗み出したのは。ああ、かくも懐かしき青春。やがて二人とも次第に酔ってきて、気勢を上げ、下半身の話題へとさらに移行した。友人曰く、交接するときはやはりぴたっと体と体が重なり合うのがいいよな。私曰く、いや、結合部だけ密着して、あとは離れていたほうがもっと興奮するよ。双方なかなか譲らないでいると、ひとりで飲んでいた隣の席の女性が、とびきり若くはないがまだおばさんというほどでもない女が、

「どうでもいいけど、あんたたち、そんな猥談やめなよ、迷惑だよ」とクレームをつけてきて、言われてみればその通りなので、

「すいません」と私たちはあやまり、でも女は、なおも絡むように身を乗り出して、

「欲求不満なのね、そんな話をするなんて」と、しなさえ作る風情なのだ。どうやら水商売系のようだった。

「そ、そうなんです、欲求不満なんです」と私は思わず悪ノリしてしまい、「ご一緒にどうですか」と口を滑らせてしまった。すると女は、待ってましたとばかりに、私たちの席にずりずりと肢体を移し……　そうだ、そうに違いない。

こうして私たちはその女と意気投合し、さらに家で酒盛りしようと、三人で私のこのマンションの部屋に雪崩れ込んだのだ。間違いない。私はもう四十をいくつか過ぎているが、旧友と飲んでいると、すでに述べたように、なんだか青春が戻ってきたような気がして、久しぶりにはちゃめちゃな飲み方をしてしまったのだろう。部屋に雪崩れ込んで、冷蔵庫から缶ビールとチーズを取り出して、ワインも開けて。そう、さっき眼にした、居間のテーブルの上の飲み残しのワイン、食い散らしたチーズの残骸、などの意味がようやくわかったのだ。とそこまではなんとなく覚えているのだが、そのさきの記憶が飛んでいる。何があったのだろう。そもそも浴槽の女は、昨夜のその女なのであるか。私はその女の顔をよく覚えていないが、浴槽の女の方がより美人のような気もする。あるいは、死を経て、一種凄絶な美形がかりそめ現出しているのであろうか。いずれにしても、男好きのするいい体つきをしていて、私に下心があったのはたしかだった。

ぷるぷるぷるぷる
誰でもない
誰かの

膀胱と通じ合う泥の鳥のはばたきのなかを

　私は居間に戻り、スマートフォンを手にして、昨夜一緒に飲んだ旧友に電話した。名刺を交換していたのである。一度目は出なかったので、しつこく二度三度とコールするうちに、ようやく出た。

「やあ、きのうはどうも」

「こちらこそ。でもいま取り込み中なんだ。あとでこっちから電話するよ」

「うん、でも、ひとつだけ、あれから俺たちどうなったんだっけ」

「えっ、覚えてないのか」

「どうもそうらしい」

「おいおい、どうなったもなにも、おまえがあんまりあの女にご執心なものだから、俺は気を利かして帰ってやったんじゃないか。そうか、言い寄ったけど、女に逃げられて、やけ酒を喰らったな」

　もしその通りなら、どんなに心穏やかになることか。しかし私はそれ以上のことは友人に伝えず、電話を切った。ひょっとすると自分は、言い寄っただけではなく、その場で無理にも欲望を成就しようとして、しかし女に抵抗され、なにかの弾みで女を死なせてしまったのではあるまいか。そう考えると、体からみるみる体温が引いていった。でも、そうだとしても、重い女体をわざわざ浴槽まで運んでお湯に沈めたりするだろうか。むしろ女は、私の欲望を受け入れ（泥酔しても男性機能を発揮できるものであるのかどうか、という問題はここでも有効だが）、しかるのち、朝、ひとりで風呂に入っているうちに、心臓発作か何かを起こして絶命したのではないか。まだ三十代だとは思うが、持病があったかもしれないし、突然死の可能性だってないとはいえないだろう。たしかめてみよう、と私は思った。外傷らしきものがあれば殺人、なければ突然死だ、と。

私はふたたび洗面所から浴室に入った。そして、「えっ」とまた眼を剝いた。浴槽に女などいない。まるで浴槽のタブラ・ラサが起こったかのように、ホーローの、どこまでも白いスペースがあるだけだ。水も張られていない。

なんだ、ハッハッハ、そういうことか。体に体温が戻ってきた。幻覚だよ幻覚。日頃の欲求不満に加えてアルコールの大量摂取で、私は浴槽に女を幻視したのだ。そう思って、ひとまずほっとした。現実というのは、あれこれと余計な妄想や要らぬ心配を経て、いつもこういうありふれた情景に帰結するものだ。私は急に快活になり、そのうえ気まぐれを起こして、多少遅刻でも会社に行こうと支度を始めた。二日酔いはひどいけれど、鼻歌まで出てくる。浴槽に女の死体なんかない。まして自分は殺してなんかいない。たぶん女は、友人が帰ったあと、私の尋常とは思えない情欲を察知して、酒盛りの居間から、たとえばトイレに行くふりをしてこっそり逃げたのだろう。
しばらくして、しかし幻覚だとわかると、それはそれでまたべつの心配をしなければならなくなった。こんな幻覚が起こるほど自分の脳はアルコールにやられているのか、いずれ病院に行かなければなるまい、と。

よろこべ明日も脳だ
すべすべに
つるつるに
ひかひかに
すかすかに
てらてらに

脳の外まで脳だ

考えられるもう一つの可能性は、浴槽に女がいたことはたしかだが、あれは幽霊だったということだ。幽霊だから忽然とあらわれ、忽然と消える。荒唐無稽に近いが、だからこそ、話としては面白い。しかしあいにく、私は幽霊を信じていない。幽霊は、それを信じていない者にはなかなか見えないものなのだということを、テレビか何かで耳にした気がする。

などと考えながら、私はマンションを出て、とりあえず会社に向かった。日はすでにかなり高い。二日酔いのせいか、駅までの道の街路樹、ユリノキの新緑が余計にまぶしく感じられる。ところが、どこか変だ。いつもより駅に向かう人が少ないような気がする。いつも目にする駅近くの内科皮膚科クリニックには休診の札がかかっている。そこでようやく、そうだきょうは休日ではないか、だからこそ昨夜はあんなに羽目を外したのだと気づき、さらに解放されたような気分になって、踵を返した。ラララ、ヒューマンステップス。

そんなコンテンポラリー・ダンスの公演もあったな。複数のダンサーが一列に並んで、両手をぴったり腰につけ、何はともあれ、びゅんと飛ぶのである。無表情に、びゅん、びゅんと。そんな想起のうちにマンションまで戻り、エントランス脇のごみ置き場にふと目をやって、もし自分が殺人者だったとしても、あそこに死体を遺棄するわけにはいかないだろうなと、笑いながら思った。

それにしても長い朝だ。長い長い朝だ。休日ということなら、久しぶりに部屋の片付けでもするか。洗濯物も溜まっているし。昼にはもう二日酔いも治っているだろうから、陶酔のカルボナーラでも作ろう。以前はよく作って、妻と一緒に食べたものだ。鍋にたっぷりのお湯を沸かし、塩ひとつまみを入れたあと、スパゲティの束を捻るようにして投入する。茹で上がるあいだ、卵をボウルで溶きほぐし、たっぷりの黒胡椒と粉チーズをまぶす。牛乳や生クリームは入れない。それがローマ風であり、我が家でもそれを踏襲する。つぎに、フライパンでベーコンをカリカリになるまで炒めて、そこに白ワインを注ぎ、焦げた部分を溶かすのだ。なんという料理法だったかな。もちろん、ついでにグラスにも注ぎ、それを飲みながら作るので、陶酔のカルボナーラなのである。

いちばんむずかしいのは、卵への火の通し加減だ。スパゲティが茹で上がる直前に、フライパンに卵を入れて掻き回すのだが、あまり火を通し過ぎると卵がパサパサになってしまうし、かといって生卵状態でもよくない。茹で上がったスパゲティの熱もあるので、よくよく注意しないと、ねっとりとクリーム状の半熟状態にはならないのだ。

昼食のあとはゆったりとソファに腰を落ち着け、久しぶりにブラームスの四番でも聴こうか。充実した休日になりそうだ。その前に、念のためにと、浴室を覗いてみることにした。洗面所に入って、そこから浴室のほうへとおそるおそる首を伸ばす——

すると、なんということだ、浴槽に女が見える、全裸で水に浸かっている女が見える。私は一瞬、頭が吹っ飛んだようになった。そして、覗くんじゃなかったと、無意味な後悔をした。浴室のことなど忘れていれば、陶酔のカルボナーラぐらいは作れただろうに。

しかし、もう遅い。浴槽には死んだ女が横たわっている。それはまるで、癌患者が、癌ではないと自分に言い聞かせつつ医師の診断を仰ぐと、やはり癌だった、みたいな。ああ、だめだ、万事休すだ。私はその場にへたり込んでしまった。幻覚なんかじゃない、それをいうなら浴槽のタブラ・ラサこそ一時の幻覚であり、浴槽で女が死んでいるというのは、まぎれもない、そしてくつがえしようのないただ一つの現実なのだ。

と同時に、自分が乱暴しようとして抵抗され、ふとした弾みに彼女を死にいたらしめたのだという可能性が、なぜかほかの可能性を押しのけて絶対化された。あらゆる可能性を数え上げるならば、たとえばの話、私が泥酔して眠っている間に、友人の方が女を殺して浴槽に沈めたということだって、ないわけではないだろう。さっきの電話ではすっとぼけていたが、ひどい友人だ。レイプ殺人のあげくに、私に罪をなすりつけようとしているとは。さらに言えば、友人も女もおとなしく帰って、私は私で寝室に行き熟睡している間に、誰かが外で、たとえばマンションの廊下で別の女を殺して、たまたま私の2LDKに忍込み（私は鍵をかけ忘れた）、その女を全裸にして浴槽に沈めて、この家の住人の私の犯罪に見せかけたという可能性だって、蓋然性としては九九・九パーセントないが、この広い宇宙のことだ、一〇〇パーセントないとは言い切れないだろう。

というようなことを十数秒のあいだ考えて、消しようのない現実に私は戻った。ただ、謎は残されている。つまり私が女を死にいたらしめたのだとして、なぜ私は彼女をわざわざ浴槽に沈めたりしたのかということだ。それは大変な力仕事のように思えるが、覚えていない。その前に、衣服はどこで剥ぎ取ったのだろう。信じられないことだが、私はそのときはじめて衣服という問題に行き当たった。とりあえず浴室から、洗面所の脱衣用の籠を見てみたが、私がここ数日の間に脱ぎ捨てた下着やバスタオルの類があるだけである。

ということは、私はたぶん居間で女を脱がしたのだ。女はたしか、昔風のボディコンシャスな白っぽいワンピースを着ていた。それは覚えている。居間に行けば、床のどこかに、そのワンピースやらキャミソールやらが、もしもレイプの途中であったならば、びりびりに引き裂かれた状態で見つかるだろう。それはわざわざ確かめに行く必要もないように思われた。むしろ、朝起きてからいまに至るまで、さんざん居間を行ったり来たりしていたのに、そのどこかに散乱した女の衣服にまるで気づかなかったということが、われながら不思議だった。

しかしいずれにしても、彼女の死によって全ては崩壊する。これまで築いてきた私のささやかなキャリアも、まだ若干夢見る余地が残されている詩人としての将来も、それから親兄弟との絆も、全ては崩壊する。私と妻の間には、子供がいなかった。それだけが唯一の救いとなるだろう。

私は浴室にへたり込んだまま、遅ればせの絶望の叫びを上げた。それは反響し、増幅され、私の脳内にも行き渡った。だが、自己保存への本能的な動きというのは不思議なものだ。叫びの残響が消えやらぬうちに、早くも私は立ち上がり、行動を起こしていた。時間は待ってはくれないということを、このときほど深く強烈に理解したことはない。長い朝が一気に収縮する。急げ。いまや肢体は死体なのだ。硬直が始まり、死斑が出る。そしてどんどん腐敗していく。外に運び出すことは無理だろう。重いし、人目もあるし、遺棄の場所にも困るし。私は、いつだったか読んだ、殺人者が死体の処理に困り、結局死体を抱えて一晩中歩き回るという小説を思い出していた。記憶がたしかなら、作中の語り手はその死体である。性別は男だ。生前の彼には恋人がいたが、その恋人が別の誰かを好きになってしまい、祭の夜、二人の共謀によって殺されてしまう。死体は、殺人者たちによって運ばれてゆきながら、「ほら、そんなところに私を捨てたら、人に見つかってしまうよ」と、まさかの親切心を起こしながらつぶやく。あるいは、「ほら、そんなところに私を捨てたら、犬に見つかってしまうよ」。その間にも、夜空には花火がドーンドーンと打ち上がって、そのつど稲妻のように、眼を開けたままの死体の顔を照らし出すのである。

なので、ここで、この浴室内で処分しなければならない。私は玄関へと急ぎ、靴を履いた。近くのホームセンターに行って電動ノコギリと黒いビニール袋を買おう。そうして死体をバラバラにして袋につめ、しかるのち、レンタカーを借りて、どこか山の奥にでも遺棄すれば、あるいは発見されずに済むかもしれない。

だがそのまえに、と私は思った。俗に言う悪魔のささやきである。あの死せる女を抱くというのはどうだろう。欲望はたぶん、まだ成就されていないのだ。

越えてゆくのだ
うしろむきにうるうる
うるうる
性欲を析出しながら
灌木の茂みへ
草のプラトーへ
薄いいくつもの境界を越えてゆくのだ

私は玄関に立ち尽くした。そしてまた思い出していた。昨夜のことではない。ずっと以前の、中学校に入って間もない頃のある出来事が、ありありと脳裏に甦ってきたのだ。生家のどこか片隅に捨てられてあった雑誌の山から、一枚のヌード写真をみつけたことがあった。私は近くに誰もいないことを確認して、そのページに見入った。一糸まとわぬ美女が浴槽に身を沈めている。眼は閉じて、口は半開きに開かれ、眠っているようにみえる。

首から下は、美麗にふくらんだ乳房の、ちょうど乳首のあたりまで湯が張られ、そのさらに下はというと、わずかに太腿にタオルが絡みついていて、それが都合よく陰部を隠しているが、あとは腹部から足の先まで、豊かで重そうな女体のうねりがそっくりみえている。それだけでも、性に目覚めつつある中学生にとっては十分に刺激的だが、写真の下の文章を読むと、この美女は実は殺されているのであって、より詳しくは、入浴中に何者かに電気を通され感電死したのであって（もちろんフィクションである、このグラビアページはいわば、ミステリー仕立ての写真小説になっていたのだ）、私はどうやら、そのことにこそ格別の興奮をおぼえたようなのだった。びりびりと電気を通されて殺されたのだ。大人になった未来の私が殺したのかもしれない。女は死んでいる。想像は果てしもなく広がり、気がつくと私は、生まれて初めての射精でブリーフの前を汚しているのだった。

多くの怪異の由来と同じように、そのヌード写真の記憶があまりにも深く私の生の基底に根づいてしまったために、それはいつか現実化される機会を狙っていたのではないだろうか。子供の頃感染した水疱瘡のウイルスが、そのまま皮膚の深くに潜り込み、数十年ののち、帯状疱疹となってあらわれ出るように。私をして生かしめよ。そう記憶に命じられて、私は無意識のままに女を殺し、全裸にして、浴槽まで運んだのかもしれない。記憶は現実となり、未来の私はいまの私となったのだ。

世界の終わりは
きっと
キュンキュンとねじくれてゆく草
モノクロに輝く虹

なんだかわけがわからなくなってきた。とにかく抱いてみよう。いずれもう破滅が決まったような身なのだ。見境がなくなっても当然だろう。

私は玄関で踵を返し、靴を脱いだ。息をしていないということをのぞけば、浴槽の女はまだ生きているも同然である。ネクロフィリア、死者と生者との結婚。そういえば、女の血の気の失せた紫色の唇が、しかし妙に扇情的だった。しかも、死んだ女の膣は締まりが抜群だということを、なにかの本で読んだ記憶がある。このさいだ、それを試してみるのも悪くない。待ってくれないはずの時間が、今度は異様に水飴のように伸びてゆくのが感じられた。長い長い朝だ。私は廊下で上着を脱ぎ、ズボンを脱ぎ、さらには素っ裸になって、水の精ニンフを追う半獣神さながら、ペニスを方向舵のように突き立てつつ、浴室に突進していった。

ニューヨークのランボー

いまから四半世紀ほど前の一九九八年、あのワールドトレードセンターのツインビルがまだそびえていた頃のニューヨークでの話である。私は当時パリに住んでいて、そこから、まだ訪れたことのないニューヨークにも足を伸ばしてみようということになった。パリ発なら、日本から行くよりも半分以下の飛行時間で済むのだ。

冬の二月のたった一週間という短い滞在であったが、同じ欧米の都市でも、パリとニューヨークではこうも違うのかという印象に打たれた。マンハッタンの、碁盤の目状に張りめぐらされた街区は、まるで高密な集積回路か何かのようで、そこをびりびりと空気をふるわせて世界の最先端の情報が電気さながら駆けめぐっている。それに比べるとパリは、とくにニューヨークから戻ったときそう感じたのだが、なんとも牧歌的で、時間も緩やかに流れ、数世紀来の石の夢に都市全体がまどろんでいるかのようにさえ思われた。

そんなニューヨークでも、また全くべつの面があることを私は発見した。なにしろはじめてのニューヨークなので、いつも地図とにらめっこしながら、あるいはいつも地図を頭に描いて移動していた。そうするとわが脳梁を不思議とエロティックな想念の糸屑が揺曳してよぎる、その感じに変だなと思っていたら、あるときふと気づいたのだった。ニューヨークの地図は女体の構造に似ている。まさか、と思われる向きもあるかもしれない。というのも、マンハッタン、あのニューヨーク湾に突き出したペニンスラ状のかたちは、むしろ男根そのものではないか。それはたしかにそうなのだが、もう少し引いて、俯瞰的に、隣接のブルックリンやジャージーシティまで視野に入れてみると、女体を股間のところで縦ふたつ割りにしたその断面図にそっくりの図柄が得られるのである。

いま、人体アトラスを机上に広げて確認すると、肛門から始まる褶曲豊かな直腸粘膜断面がみえ、それから多数の骨格筋から成る隔壁を経て、押し潰れたような膣粘膜断面がみえる。さてつぎに、それにニューヨークの地図を重ねると、そう、ぴったり、直腸がイーストリバー、隔壁がマンハッタン、そして膣がハドソン川、膣前庭がニューヨーク湾、ではないか。一見男根のようにみえたマンハッタンは、実は女性の性と排泄を隔てる微妙なゾーンだった?!

その隔壁のなかを、私は、えーっといまは五七丁目のここだから、あと二ブロック東に歩けば五番街にぶつかる、などと移動していたことになる。あるいは、このブロードウェイをずうっと南下してプリンス・ストリートとぶつかる角がグッゲンハイム・ソーホーだ、とか。そのたびに、性のほうに寄ったり、排泄のほうに振れたりしながら。

忘れずに書き記しておきたいのは、そのグッゲンハイム・ソーホーの隣のニューミュージアム・オブ・コンテンポラリー・アートというところで、ランボーと出会ったことだ。

アルチュール・ランボー。不世出の天才少年詩人。一八五四年フランス北東部の地方都市シャルルヴィルに生まれ、十五歳から二十歳まで、世界文学に燦然と輝くような詩を書いたあと、突然筆を折り、詩人から商人へ、名高いアフリカでの沈黙の期間を経て、一八九一年にマルセイユの病院で全身ガンのため死亡――ということになっていたが、生きていたのだ。最初は、ニューヨークの地図や人体アトラスと同じように、二次元パネルに縮約されたかたちではあったけれど。

実を言えばランボーは、仏文科の大学院に在籍していた頃の私の研究テーマだった。修士論文は「ランボー『イリュミナシオン』における詩的エクリチュール」。その後、生来学者には向いていないことがつくづくわかって、詩人への道を選んだのだったが、今に至るまでランボーへの関心は保ちつづけている。

パネルに戻って、当然だが、ランボーは全然老けてはいなかった。一八七二年当時の、写真家カルジャによるとされる肖像写真が残っているが、あれそっくりの無表情な十七歳の少年の顔をして、現代のタイムズスクエアあたりの雑踏に紛れ込んでいる。つまりコラージュである。首から下はTシャツにジーンズという現代風の服装だが、顔との違和感はほとんどない。だから、その二次元ランボーに向かって、私は思わず訊きそうになった。いま何をしているのか、たとえばかの名高い沈黙をふまえて、いまでも詩を書くというようなことはあるのか、というようなことを。

かと思うと、別のパネルでは、腕に麻薬の注射針を刺したまま、同じ顔を少し傾げて、それがいくぶんか恍惚とした表情に変化しているようにみえる。それはそうだろう、伝記でもハシッシュ吸引の目撃証言が知られているのだから。また別のパネルでは、ベッドに横たわり、ジーンズを膝までおろして、さすがは白人の、大ぶりなペニスの根元を握ってマスターベーションに耽っている。

「おいおい」と少しシラけた気分になった私は、何となくもう帰ろうと思い、そうだその前に作者の名前は?と パネルの下に眼を落とした。デイヴィッド・＊＊＊ヴィッチというスラブ系の名前で、しかしその＊＊の部分のアルファベットがよく読めない。そのままはじかれるように、出口を探して展示スペースを奥まですすみ、ところがなかなか出口が見つからないので、仕方なく、突き当たりを右に折れた。すると急に薄暗い通路となり、やや不安な面持ちでそこを少し歩くと、出口ではなく、別の展示スペースがあらわれた。今度はクラシックな感じの部屋で、入口のパネルに、「ランボー遺品展」とあった。眼を展示スペースの中央のほうに向けて、「おお」と私は思わず驚きの声を上げた。ランボー愛用の皮革の旅行鞄が展示されていたのである。私はそれをかつて、ランボーの生まれ故郷の町シャルルヴィルのランボー記念館で見たことがある。使い古されてささくれ立ったような、異様に細長い茶系のトランクで、ただ、留め金のところはきらきらしていて、そのあたりから、アフリカでの詩人の沈黙それ自体が匂ってくるかのようだった。そのトランクが、まさにいま、私の眼前にある。しかしなぜここに? 私は夢でも見ているのか。引き寄せられるように私はそれに近づき、そのまわりをぐるりとまわった。一度では飽き足りず、二度も、三度も。

とそのときだった、「友人のデイヴィッドが企画してくれたんです」と、背後からフランス語が聞こえてきた。私にも聞き取れる、ゆっくりと明瞭に音節を区切った話し方で。

「えっ」と思わず振り返ると、車椅子に乗った初老の、あるいはそれ以上に老けた白人男性がそこにいた。右足はどうやら太腿から下が義足になっているようだった。

一瞬ののち、私は眼を剝いた。ランボーだ、まぎれもないランボーだと私はなぜか直感した。二次元パネルどころの話ではない。魂と身体を備えた生身のランボーが、私の眼前にあらわれていたのである。確かに老けてはいる。髪は白髪になり、前頭部は禿げ上がり、目尻には小皺が寄っている。口髭も生やしている。しかし、アフリカで他人に撮らせた三十代の全身写真より、むしろ少年の頃の面影をとどめているようにさえ思われた。とりわけあの眼、あの酷薄そうな青い眼……

沈黙の数秒が流れたあと、私は思いきってフランス語で訊ねてみた。

「ランボーさん、ですね」

「そうです」

伝記的事実を確認しておくと、ランボーはアフリカで交易に従事していた一八九一年、足のガンに冒されて歩けなくなり、やむなく本国フランスに戻って、同年五月、マルセイユのコンセプチュアル病院というところで片足切断の手術を受ける。その後いったん生まれ故郷の母親のもとに帰るが、病状は回復せず、数カ月後、ふたたび同病院に入院し、妹イザベルに看取られつつ、同年十一月十日に息を引き取ったのだった。享年三十七歳。

ということは、いまここにいる片足のランボーは、足の切断手術を受けた一八九一年五月以降に、伝記的事実とは異なって生き延び、何らかのルートを辿ってニューヨークに来たことになる。それだけではない。今は一九九八年なのだから、そこからさらに時間旅行をしてきたことになる。そんな馬鹿な。

「さっきから」とランボーは私の思念を遮断した。「展示物を随分熱心に見ておられたので、私に興味があるのかと、そして、もしかしたらフランス語も解されるのではないかと」

「ええまあ、基本的な語彙で、ゆっくりと話していただければ」

「わかりました。そのように努めましょう。ところで英語は？」

「いえ、英語よりフランス語のほうが助かります」

「わかりました」

ランボーは少し間を置き、それから意味ありげな笑みを浮かべながら、

「びっくりされたでしょう」と言った。

「もちろんです。だっていまは一九九八年ですよ」

「まさか」とランボーはことともなげに否定した。「一九一八年です」

その断定の仕方があまりにも確信に満ちていた。ということは、いつの間にか私のほうで、一九九八年から一九一八年へとタイムスリップしてしまったのだろうか。思い当たるふしがあるとすれば、さっきの、第一展示室から第二展示室への通路だ。確かに少し変な感じはしたが、そこが異様な時空のねじれの場になっていて、そこを私は潜った？　まあそういうことにしておこう。肝心なのは、いまが一九一八年だとしても、一八九一年にランボーが死んでからすでに四半世紀以上も経っているということだ。亡霊でもないかぎり、そんな彼が私の眼前にいるはずがない。

それに、さっきランボーは「友人のデイヴィッド」と言ったはずである。あのパネル作品の作者と同じファーストネームだ。ますます私は混乱した。

「伝記によればあなたは」と私はたどたどしいフランス語で訊き始めた。「一八九一年にマルセイユで死んでいる、それなのにここにいるとは、失礼ながら、誰かがランボーになりすましているとしか考えられません。違いますか」

「それが、全く逆なのです」とランボーは、あらかじめ私の質問を想定していたかのように、人を煙に巻くときの悪戯っぽい顔つきで応じた。「マルセイユで死んだ私こそ、フェイクだったのです」

「えっ」と私はふたたび眼を剝いた。するとランボーは、車椅子を操作して私の脇に寄り添い、小声で囁くように、

「場所を移しましょう」と言った、「ミュージアムでは立ち話もなんですから」

こうして私は、車椅子のランボーに導かれるままに、ミュージアムを出て、しばらくビル内の廊下のようなところをすすんだ。道々、私は考えた。もしもこの初老の男がほんとうにランボーなら、千載一遇のチャンスではないか。ランボーをめぐる最大の謎は、その沈黙――つまり彼は、詩作にあれほどの天才ぶりを発揮したのに、なぜ詩を放棄してしまったのかということだが、その疑問を直接本人にぶつけてみることができるかもしれないのだ。

ランボーは何度か角を曲がったさきの突き当たりのドアを開けて、私を中に招き入れた。てらてらと電球の明かりが射すだけの、何もない、がらんとした部屋だった。窓が一つあって、そこから外の景色を覗くと、たしかに一九九八年というよりは一九一八年のニュー

ヨークの街景が確認できた。摩天楼はまだほとんどなく、くすんだ暗灰色の、あるいは赤錆びたようなレンガの倉庫が立ち並んでいる。椅子を差し出されたので、私は座った。ランボーは車椅子のまま、事務机を隔てて私と向き合った。

「日本人ですか」

「そうです。かつてはあなたの詩を研究していたこともあります。極東の日本まで、天才少年詩人としてのあなたの名声は絶大です。もっとも、いまが一九一八年なら、もう少し後になってからですけどね、小林秀雄という批評家が現れて」

「それは光栄なことです」とランボーは、極東での自分の受容にはさも関心なさそうに私の話をさえぎり、「あなたが未来から来たのなら」と言った、「私の話を聴いて未来に持ち帰るというのはどうでしょう。ランボーはマルセイユで死んだりなんかしていない、ニューヨークに渡って、少なくとも一九一八年までは生きていた、と。大騒ぎになりますよ」

ランボーは真顔だった。つられて私も、

「そうですね、ぜひそうしたいです」と言った。

するとランボーは、私の応答に満足したように、葉巻を箱から取り出して火をつけながら、

「片足切断の手術を受けたことはたしかです」と、さきほどの話の続きを切り出した。「ほら、ご覧のように、右足は義足です。ところが、それから思わぬ回復ぶりを見せて、医者は奇跡だと言っていましたが、私としては、もう治療の必要がないなら、一刻も早くフランスを離れたかった」

「ああ、わかります。あなたは母国のフランスが嫌いで、それに、いつも出発してしまう人でしたから」

「ええ。でも今度は、なぜかアフリカ以外のところに行きたくなりました。アメリカのニューヨークあたりはどうだろう、新興の大都市に住んでみるというのは」

「ああ、それもわかります。『イリュミナシオン』には、当時のロンドンに想を得たのでしょうけど、不思議な近未来的都市が描かれています。ニューヨークならそれにもっと近いでしょうからね」

「でも、ただ出ていくのも面白くない。そこで、妹のイザベルと結託して、ある芝居をうったのです」

「芝居？」

「ええ。フランスを離れる前に、私はイザベルに頼みました。死んだことにしてくれないか、そのほうが伝説になる、と。ついでに、カトリックに回心して死んだということにしてくれてもいい。いや、そうすべきだ。そのほうがさらに神話を作ることができますから。お前の兄さんはカトリック国フランスの偉大なカトリック詩人になる、と妹を説得しました」

私は唖然とした。ランボーをめぐる数ある神話の中でも最大なものの一つ、それは彼が臨終のとき終油の秘蹟を受けてカトリックに回心したということだが、それゆえ、のちにアンドレ・ブルトンらシュルレアリストたちの非難を受けることにもなるわけだが、なんとそれはイザベルとの共謀によるでっち上げだったというのだ。

「でも、伝記によれば、あなたは遺体になってシャルルヴィルに戻り、そこであなたの葬儀も行われています」

「でっち上げです。母と妹以外、参列者はいなかったのですから」

「でも」と私はなおも追及しようとして、しかし何を訊いても「でっち上げ」にされそうな気がして、それ以上ランボーの死後について質問するのをやめにしてしまった。するとランボーの方から、話題を変えてきた。

「その頃、すでに詩人としての私の名声が上がっていることは知っていました。相棒のヴエルレーヌがずいぶんと喧伝してくれましたから。しかし私は、その名声に乗って詩人に戻ろうなんてことは、これっぽちも考えていませんでした」

「なぜ？」私は思いがけず核心への糸口をつかんだような気がした。「天才詩人なんですから、また詩を書けばいいじゃないですか。さらに名声が上がるし、収入も得られるかもしれない。あるいは、アフリカに渡ってから、アフリカ時代に書きためた詩を発表するとか」

「まさか。アフリカに渡ってから、私は詩を書いていません。それは伝記の通りです。家族や商取引の相手に宛てて夥しい手紙を書いただけです、そこには若干の紀行文的な、あるいは調査レポート的な文章もありましたが」

「それらはのちにまとめられて、アフリカ書簡とも呼ばれるようになります。その文体を、砂を噛むような、と形容した批評家もいました」

「ひどい形容ですね。でも、砂自体は正しい。砂漠をキャラバンで横断したこともありましたが、砂漠というのは、自然も文明も、全てが砂に還元されて、なんとも気持ちのいい場所なのです。同じように、言葉も砂に還元されるなら、それに越したことはありません。余計なニュアンスとか、喚起するイメージとか、勿体ぶった美的価値とか、そういう一切の夾雑物から自由になって、砂のようにさらさらと流れる。私にはそれで十分でした。そしてその分、生が充溢してくるのです。言葉に煩わされることもなく、強烈な光を浴び、深い闇に浸り、また強烈な光を浴びて」

「なるほど。アフリカでのことはわかりました。『地獄の季節』でも、あなたは予言的に『僕はハムの子孫らの真正の王国に入る』と書きました。そのいわば夢なき夢が果たされたということになるのでしょう。でもそれは沈黙の結果であって、理由ではありませんよね。そもそもなぜ詩を書くことをやめてしまったのですか」

私はついに核心に触れた。あの名高いランボーの沈黙の理由が、ランボー自身から語られるとなれば、そしてそれを私が一九九八年の日本に持ち帰って報告すれば、ランボー生存説以上のインパクトを与えることになるかもしれない。

「それが自分でもよくわからないのです」とランボーは答えた。「『地獄の季節』で私は詩人としての自分を断罪しました。ヴェルレーヌとのあんなスキャンダルがありましたから。それは字面の通りです。しかし、同時進行的に書いていた『イリュミナシオン』だけは完成させ刊行したいと思っていました。それで、翌年ジェルマン・ヌーヴォーと一緒にロンドンに渡ってからも、かなりの数の詩篇を書き足しました。ところが、そこから奇妙なことが起きたのです。つまり、『イリュミナシオン』を書きながら、自分でも最高の詩を書いていると思いながら、でも同時に、書けば書くほど、詩が自分から離れていくような気もしていました。あるいは、同じことですが、書けば書くほど、沈黙を呼び寄せてしまうような。不思議ですね」

私にはしかし、それほどの不思議とも思えなかった。『イリュミナシオン』を読んできた当の私の感想としても、そのように思われたからである。つまり、最高の詩を読んでいるという悦びがある一方で、何かしら言葉が詩から遠ざかってゆく沈黙の気配のようなものも、その行間には濃厚に漂っていた。たとえていうなら、詩の赤方偏移。天文学において、遠ざかりつつある星の光をスペクトル分析すると赤方に偏移するというが、『イリュミナシオン』もいわば赤方偏移を起こして、結果、詩として異様に美しく謎めいてみえているのではないか。

「『イリュミナシオン』とは」とランボーはつづけた、「詩の亡霊がやってきて、なおも私に詩を書かせたようなものだったのでしょう。もう十分に書かせたと思った瞬間、亡霊は立ち去りました」

こうして、意外にも詩的な理由が述べられたことに、私は拍子抜けした。落胆したと言ってもいいかもしれない。もう少しドラスティックな答え、たとえば「それはたんに詩がいやになってしまったからですよ」とか、「だって詩を書いても消耗するだけで、一文の得にもならないでしょう、ちがいますか」とか、「私が詩を書いていた数年というのは、まあ一種の麻疹みたいなものだったのではないでしょうか、今ではもう思い出せないくらいです」とか、そういう答えが返ってくるものと予想していたのである。

「名高いあなたの沈黙の理由はわかりました。それ自体すごく詩的ですけどね」と、多少の皮肉も込めて言うと、ランボーも苦笑いしてうなずいた。

「ニューヨークに渡ってからは?」

「えっ?」

「つまりその、沈黙はつづいたのですか」

「なるほど、面白い質問ですね」

ランボーは私の眼を覗き込み、それから壁の方に顔を向けて、何もない壁に話しかけるように言葉を発した。

「あなたはこう考えたいのでしょう。たしかに、新天地アメリカと言ったって、所詮はヨーロッパの出店みたいなものだから、私を苛立たせ、苦しめる何かがあったに違いない。呪うべきキリスト教文明、呪うべき市民社会。そこで私は、また何か書きたくなった」

「そうです」

「白状しましょう。じっさい、ニューヨークでも私はたちまち退屈してしまい、何か書きたくなりました」

「おお」私は身を乗り出した。名高い沈黙のあとの、ふたたび身内に湧き上がった言葉のざわめきをキャッチしようとしているランボー。

「ただし、詩ではなく小説でしたけど。自伝的な小説です。英語で。詩は母語のフランス語でないと無理ですが、散文なら英語でも書けるような気がしたのです。とりあえず第一作としてアフリカでの苦難を書きました。白人未踏の奥地を探検した話とか、砂漠のキャラバンを組んでアビシニアの王に武器を調達しながら、二束三文で買い取られた話とか。一時期同棲した現地人の女や、息子のように可愛がった使用人の少年のことも。主人公はアーサー・Hとして、もちろん私のことですけど、小説らしく一応三人称の扱いにしました」

「アーサー・Rではなく?」

「ええ。フランス語でHは発音されませんから、ちょうどいいかと。ただ書くことにおいてのみ現れる人物というわけです」

「そういえば、『イリュミナシオン』にも『H』という詩があって、絵解きめいた難解な作品ですが、最後に『オルタンスを見出せ』とあります。オルタンス Hortense も発音されないHで始まりますよね。でも、そうか、あれは女性存在か」

「いや、鋭いご指摘です。私がオルタンスであってもいいのです。オルタンス、オール・デュ・タン hors du temps、つまり時間の外の存在として。性別はたいした問題ではありません」

「で、創作の首尾は？」

「めぼしい出版社をみつけて郵送で持ち込みましたが、相手にされませんでした。ランボーは生きていた、ニューヨークに渡って、詩ではなく、小説を書いていた！　そういう触れ込みで出版すれば、売れますよ、とけしかけたのですが」

「そうすると、自分は死んだという自作自演が崩れませんか」

「やむを得ないと思いました。死んでいるのか、生きているのか、二重に混乱させてやろうと。妹には迷惑をかけることになりますけど。しかし、幸か不幸か、相手にされませんでした。どうせランボーを騙った出来の悪い贋作だろう、ぐらいに扱われて」

「わかります。フランスでもたびたびそういう贋作騒ぎはありましたから」

「ただ、じっさいにこの片足で出版社に乗り込めば話は違ったかもしれませんが、それも面倒で、そうこうするうちに、話は立ち消えとなってしまいました」

「原稿は？」

「郵送したきりです。返却も要求しませんでした」

「それは残念ですね。後世のためにも、取り戻しておくべきだった」

「そうですか。『アフリカの夜』というタイトルだったのですが」

アフリカの夜？　似たようなタイトルの著作が、二十世紀に入ってから、レーモン・ルーセルかミシェル・レリスによって書かれなかっただろうか。それらと比べても、もしかしたら時代遅れの、異郷趣味が際立っただけの冒険譚に過ぎなかった？　私たちのあいだに、なんとも言えない気まずい空気が流れた。聞けば聞くほど、期待とは逆の方向に対話は進んでしまう。あの蛮童の、あの傲岸不遜のランボー少年はどこに行ったのだ？

「ニューヨークに渡ってから」とランボーは、少し話題を変えるように言葉を発した。「生活面でも、もちろんいろいろありました。移民申請の手続きとか、アフリカとはまた違った苦難の数々。なにぶんこの足ですから、体を動かすような仕事はできません。商売はもうこりごりでした。というか、私の場合、アフリカという土地、とりわけハラルというイスラムの商業都市と結びついてこその商売でしたから、このニューヨークで何か始めようという気にはなれませんでした。書く意欲も次第に萎んでいって。結局、通訳とか翻訳とか、その縁でこのミュージアムのオーナー、さっき名前を出したデイヴィッドですが、彼とも知り合いになり、企画などを手伝うようになりました」

なるほど、ランボーの言うデイヴィッドというのは、さきほどのパネル作品のアーティストとは生きた時代がまるで違う別人らしい。

「それでこのランボー遺品展も？」

「そうです。妹に連絡して、私の愛用のトランクとか、アフリカで撮った写真とか、家族に宛てた手紙とかの類を船便で送ってもらいました。自分で自分の遺品展をやるというのも奇妙なものですが、誰も私がランボー本人だなんて思いもしないわけですから、楽といえば楽でした」

「その片足を見ても？」

「ええ。なかにはたしかに、待てよ、ランボーもたしか片足を切断したはずだぞ、と推理を働かせた者もいたかもしれませんが、まさか私が自作自演したとは思いもよらなかったでしょうから」

「ミュージアムのオーナーは？」

「デイヴィッドにだけは真実を伝えました。最初は半信半疑だったようですが、実際に妹から私の遺品が送られてくると、さすがに納得したようでした」

「しかし、私には分かりました。即座に、あなたがランボーだと」

「それはあなたが未来から来たアジア系の人で、しかも私を研究していた人だからです。さまざまな情報の蓄積から、ある種のカンが働いたのでしょう。ご存知のように、私には、十七歳のころ写真家カルジャに撮らせた二枚の肖像写真がありますが、その四十数年後のこんな顔、白人社会には掃いて捨てるほどいて、仮にあの肖像写真を見たことがある人でも、まさか同一人物だとは思わないでしょう」

「なるほど、そういうものですか」

「そういうものです」

ここでランボーは一息入れた。私はあらためて遠慮なくその姿を眺めた。ダークグレーのスーツに幅広のネクタイという、きちんとした身なりをしているが、初老というだけでは説明できないような消耗した生の雰囲気が、全身から滲み出ていた。

「これからもニューヨークでしょうか」

「たぶん。しかし、いまの私はただ生存を繋いでいるだけで、もう生きる意欲が湧いてくることはありません。ニューヨークに渡ってからの私は、つまり抜け殻だったのです。アフリカで全てを吸い取られた、あるいは、ほんとうの私という魂と身体はアフリカに置いてきてしまったということに、いまさらのように気づきました。それはとても小説なんかには回収できないものでした」

ほんとうのニューヨークのランボーが立ちあらわれたのは、実はここからである。彼はつづけた。

「ニューヨークにいても、思い出すのはアフリカのことばかり、あの剥き出しの実存のことばかりなのです。とりわけ、私には閃輝暗点という持病があるのですが」

「閃輝暗点?」

「ええ。つまりときおり、視野の一点に亀裂が入って、そこから、およそ五分から十分ぐらいのあいだ、万華鏡のような光と影のモザイクが広がってゆくのですが、そうなるともういけない、かつてのアフリカの私が呼び戻されて、今の私に取って代わるのです。私はアフリカにいる。あの岩だらけの荒野に立ち、あるいはまばゆい塩湖の縁を辿り、あるいは干からびた蛇の死骸が絡む灌木の茂みの間を歩いてゆく。まるで別の惑星に身を置いているような強烈な光を浴び、その光に逃げ場もなく晒されつづけたあのきびしくも恍惚とした実存……　詩を書いていた頃の比喩的に膨れ上がった黄金なるものも、きれいさっぱり、私自身の飽くなき金銭への執着に還元されて、余分なところがない……　そのうえにまた、ハラルの市場のざわめきと、朝な夕なのコーラン朗唱の響きと、あの鞣革のような皮膚をした人たちに囲まれて……　とりわけ、彼らのダンスの素晴らしさといったら、優美かつダイナミックで、大地のエネルギーが彼らを貫き、突き上げ、中空にはじけるように舞い狂わせるのですが、気がつくと自分もその陶酔の輪のなかに混じっているではありませんか。私は思わず、『地獄の季節』に予言的に書いた『飢え、渇き、叫び、ダンス、ダンス、ダンス、ダンス』の世界が実現されていることを感じ取り、ああ、自分はいま、ようやく理想的な生の極限、生の消尽に身を置いているのだと悟りました、そう、こう言ってよければ、生のあとの生のような……」

ランボーは一気に語り終えた。そしてもう、私には何も伝えることはないようだった。

私も応答の言葉を失った。同時にふと思った。このようにして、ニューヨークでのランボーの実存は次第にフェイドアウトしていき、それと引き換えに、「一八九一年マルセイユで死亡」という自作自演のフェイクのほうが真実味を帯びて、皮肉にもやがてただ一つのファクトになっていくのではないか。私は、せっかくのこの時間旅行から、しかし何も持ち帰るべきものはないようにさえ思われてきた。その私の失望をそっくり受け止めるかのように、

「結局、生き延びるべきではなかったというのが、私の結論です」とランボーは締めくくった。

私はもう一度窓の外を見た。冬の夕暮れが迫り、低層の赤錆びた倉庫の群れを一段と暗鬱なものに見せていた。そうか、と私ははたと気づいた。ランボーがニューヨークにいる本当の理由。それはほかでもない、この邂逅の話の前置きとして私が述べたところの、ニューヨークの地図が女体を股間のところで縦ふたつ割りにしたその断面図にそっくりだという事実そのもののうちに求められる。ランボーは、まだ詩人だった頃、友人に宛てた手紙の中で、自分の母親のことを、明らかにヴァギナとのアナロジーで「闇の口」と呼んでいなかったか。また別の手紙では、「マザーは僕を情けない穴のなかに押し込んだものさ」とも。そういう「闇の口」とニューヨークとが相同の関係で結ばれている以上、彼がそこに身を置いて不毛の生を送っているのも、むべなるかなというべきではないだろうか。

そろそろ刻限が来たようだった。ランボーは柱時計を見て、くるりと車椅子を回しなが

ら、

「きょうは遺品展の最終日なので、これから搬出にかからなければなりません」と言ってドアの方に向かった。

「どうぞどうぞ、私もそろそろ失礼しなければと思っていました」

そう言って私も椅子から立ち上がり、彼の後について部屋を出た。廊下を歩くあいだ、私たちは何も話さなかった。第二展示室の入口まで来たところで、

「そこの通路を行けば、あなたの時代に戻れるかもしれません」とランボーは言い、「またいつかお会いしましょう、今度は私が時間旅行をして」と握手を求めてきた。手を差し伸べながら私は、

「ええ、ぜひ」と力なく答えた。

塔の七日間

一日目、夕刻、**豚は渇きの九階で育っている**、と誰かに囁かれて、同時に塔が見え始めた、ああ、あの塔に行くのだ、しかし塔はほかの建物に隠れて見えなくなり、それでも見当をつけて建物の間を抜けてゆくと、やがてまた塔があらわれて、まるで塔に待たれていたかのようだったが、何のために？　**豚は渇きの九階で育っている**、という声が記憶に残っていて、それと塔とどういう関係があるのか、ないのか、期待と不安とに代わる代わる心を占められながら、ゆっくりと塔に近づき、塔に着いた、私は塔に着いた、見たところ大きな円形のビルで、壁は黄土色もしくは煉瓦色、夕陽の当たっている部分が黄土色に輝き、影になっている部分が煉瓦色にくすんでいるのだったが、視線を上げると塔はやや円錐状の形をしている、つまり上へいくほど狭まっていて、いちばん広い地上一階での直径はおよそ五十メートルはあろうか、高さもおよそ五十メートル、見上げると首が痛くなるほどの高さだ、ざっと数えて十四、五階はある、しかも、斜めに傾いている、塔自体が、ではない、階の重なりが水平ではなく、右肩上がりになっているのだ、それはたぶん錯覚で、つまり、階から階へと外周の歩廊が螺旋を描きながら続いているのであって、それが塔に独特の歪みの印象を与えているらしいのだが、待てよ、と私は思った、どこかで見たことがある、これではまるで、と記憶からイメージを探り出しながら、なおも思った、バベルの塔ではないか、規模こそはるかに小さいが、ブリューゲル描くところの、あのバベルの塔を模して建てられたとしか思えない、その入口の大きな扉の上に垂れ幕が掲げられていて、**豚は渇きの九階で育っている**、という文字列が読める、おお、幻聴が文字列に昇格したぞ、何かの標語だろうか、あるいは、この塔で行われるアートフェスティバルか何かのタイトルだろうか、いずれにしても、入るしかないので、吸い寄せられるようにして入る、ホテルのエントランスにあるような、ゆっくりと回るガラスの回転扉だ、しかし中は異様に狭く、手前の壁のほかに何も見えない、いきなり、この先行き止まりに突き当たってしまったみたいで、入口を間違えたか、そこで戻ろうとすると、呼び止められた、紺のスーツを着た若い女が脇のスリットからあらわれ、歩み寄ってきて、「お待ちしていました」、そうか私は待たれていたのか、うれしくなり、「予約してある野村です」とでたらめに言葉を発して、すると女は微笑みながらうなずいた、そうか私は予約していたのだ、ということは、ここはまさしくホテルなのであり、私は宿泊するためにここに来たのだ、じっさい、私はキャリーケースを引きずっている、「こちらへどうぞ」、言われるままに女の後について、脇のスリットをくぐると、まさしくホテルのロビーそのままの薄明るい空間が広がっていた、チェックインカウンターのようなところに案内されたので、カウンターの向こうの若い男に向かって、「予約してある野村です」と、さっきのでたらめの言葉を繰り返した、すると男は、「バベルの塔へようこそ、一週間のご予定ですね、研修は明日からです」と、きわめて事務的に答えた、そうか私は、何かの研修のために一週間宿泊するのだな、それから宿泊カードに名前と住所を記入し、部屋のカードキーを受け取った、五〇三号室、そこではじめて気づいた、男はたしかバベルの塔と言ったのではなかったか、バベル？　まさかさっきの私の類推通りに？　するとふたたび案内の女が寄り添ってきて、「バベルの塔へようこそ」、やはりバベルだ、すると研修とは、何か言語に関するものだろうか、バベルの塔とは、旧約聖書によれば、天空にまで到達したいという人類の夢を実現すべく構想された壮大無比な塔のプロジェクトだった、「エレベーターはありません、この回廊をそのまま行ってください、ごらんのように、ゆるやかにカーブしつつの上りになっていきます、しばらくすすむと二階になります」、塔の建造は順調に進んだ、ただひとつの言語が話されていて、意思の疎通がうまく行われていたからだ、ところが、それを天上から見ていた神が、地を這うべき人間が自分のところまで到達したいなんてとんでもない、思い上がりもいいところだ、罰してやろう、そう思って、ただひとつの言語をいくつもの言語に分割して混乱を生じさせた、あちらではギリシャ語、こちらではヘブライ語、というふうに、すると意思の疎通は滞り、建造はストップしてしまった、「五〇三ということは、五階ですか?」「ええ、回廊は上りになっていますから、だいたい一周すると次の階になっていくのです」「螺旋ですか、ぐるぐると回るわけですね」「そうです、ただし一方通行で、降りることはできません」「えっ?」「ご安心ください、明日の会場はお部屋の一つ上の六階で、明日の宿泊部屋はそのまた一つ上の七階になり、明後日になると会場は八階、宿泊部屋は九階になります、別名渇きの九階と呼んでいますが、**豚は渇きの九階で育っている**」「えっ?」はじめに私の耳に囁かれた、そしてさっき入口で眼にした垂れ幕のフレーズそのままではないか、訝しく思う私をからかうように、「**豚は渇きの九**

階で育っている」と案内の女は繰り返した、「別に深い意味はありません、つまり一日二階ずつどんどん登っていけばいいわけです、降りる必要はありません」、降りる必要はない？　ということは、このさき、私はこの塔のようなビルをただひたすら上ってゆくのであるか、そんなことをしていたら、それこそヘヴンに行ってしまうのではないか、ありえないことだ、というのも、予定では一週間後にこの塔での滞在を終えることになっている以上、そのとき螺旋を降りる必要が生じてしまうのではないか、どうすればいいのだ、それとも、降りる必要がないことと**豚は渇きの九階で育っている**こととのあいだには、何か秘密めいた関係でもあるのか、とそのとき、男がひとり、眼の前を猛烈な勢いで逆方向に走ってゆくのが、つまり降りてゆくのが見えた、あとをさらに猛烈な勢いで、監視員とおぼしき若い男ふたりが駆けて行って、こちらからは見えなくなるかろうじて一歩手前で男を捕まえ、もと来た方角へと、男を連れて戻ってきた、「無理に螺旋を降りようとすると、あのようなことになります」、まるで警告するように女は言って、消えた、おいおい、自由はないのか、とあたりを見回すと、螺旋の回廊はビルの外周をめぐっているはずだが、外に向けられた窓はなく、だからある種の閉塞感があり、まるで船内に閉じ込められたかのような息苦しさをおぼえる、おかしいな、さっき外から見たときは、多数の窓がヒトのしゃれこうべの眼窩のようにあったはずなのに、と思いながら、螺旋の回廊をぐるぐる登ってゆくと、じっさい、二階になり、三階になり、四階になった、ただでさえ長い道のりなのに、キャリーケースを引きずっての移動なので、かなりきつい、音もうるさい、ともあれ、だいたい螺旋をひと回りすると、階もひとつ増えてゆく感じだった、四階でその内部を覗くと、私と同じようにチェックインした客がフロア内通路にいて、自室のドアを開けようとしているところだった、さらにもうひとまわり外周の螺旋を登ると、ようやく五階で、同一フロア内通路に入ると、すぐに五〇三号室に到着した、部屋にはなぜか鍵がかかっていなかった、ドアを開けると、またドアがあり、そのドアを開けると、真っ暗闇で、手探りで灯りのスイッチを探すがなかなか見つからず、そのうちにひとりでに照明灯がついて、部屋全体が明るくなってきた、部屋の大半はベッドで占められている、異様に細長いベッドだ、と思ったら、部屋自体が異様に細長いのだろう、それでシングルベッドが二つ、直列式に並べられているのであって、しかしいったいカップルが泊まりにきたらどういうことになるのか、それと、やはり窓が認められない、旅装を解き、服もパジャマに着替えると、さすがにやや空腹を覚えたが、それ以上に猛烈な眠気に襲われ、そのまま寝入ってしまった、二日目、灰色の古い塔のようなビルに、今度はいきなり辿り着いた、この上階に投宿先のホテルがあり、妻がそこで待っているはずだ、ビルと道路を隔ててなぜか工事用のフェンスがあり、ぐらついていて、私はやっとのことでそれをよじ登り、フェンスと塔のあいだに降り立つ、だがどこにエントランスがあるのか、なんとなく取りつく島のない建物だ、スカーフの女がふたり歩いているので、ついていくと、半周ぐらいしたあたりに、「ヒンドゥーのカトリック」というわけのわからない教会入口があり、どうやらそこがこの建物への唯一の入口らしい、女たちはそこに入っていく、上階に達するにはここしかないと判断して、私も入っていく、すぐにインド人らしき男が横たわっていて、ヒンドゥーでは得られない早期の悟りのため修行しているのだという、カトリックで悟り？　ますますわけがわからない、彼をまたぎ越すように奥へ向かう、控えの間のようなところに、べつの今度は日本人らしき男がいるので、彼に訊いてみるが、上階へのアクセス法は知らないという、私は途方に暮れてしまう、とそのとき、目が覚めた、つまり私は、塔のなかで塔の夢を見ていたことになる、いや、塔が私に塔の夢を見させたのかもしれない、いずれにしても、目が覚めた、部屋に窓がないので、いま朝なのかもわからない、腕時計は午前八時を回っているので、時計が間違っていなければ、とりあえず朝なのだろう、身支度をして部屋の外に出た、そして外回りの回廊に出た、これを登ると六階になってしまうから、まだそのときではないと考え、フロア内に引き返そうとするが、回廊の窓から陽光があふれているのに気づく、おかしい、昨日は外に向いた窓はなかったはずで、何かが狂い始めている、塔か、あるいは私の記憶か、どちらかが狂い始めている、しかしまあ、暗いよりは明るい方がいい、内部の通路を少し歩くと食堂があったので、そこで朝食をとることにした、バイキングスタイルで、私はパンとハムとスクランブルエッグと野菜をとった、遅い時間にきたせいか、私以外に誰もいない、食堂を出て部屋に戻り脱糞し、キャリーケースごと部屋を再び出る、外回りの螺旋回廊の緩やかな勾配を今度こそは登ってゆき、やがて六階になったので、回廊から同一フロア内の通路に折れ、そこを少し歩くと、たしかに会議室がいくつか並んでいて、最初の会議室のドアには「シンポジウム　性に関する探究」というチラシが貼ってあった、バベルだから言語学か何かのシンポジウムだと思ったら、とんでもない、しかしまあ、言語学よりは面白そうだ、中に入り、最後列の席に座る、使用言語はフランス語と日本語らしい、同時通訳のイヤホンが備えつけられているのでそれを耳につけながら、見ると、正面のパネル席に、五人のパネリストが並んでいる、全員西洋人だ、テーブルから名前を記した紙が垂れていて、ブルトンなる者が質問する、「しばらく以前からセックスしていないとする、一晩のうちにいったい何回することができるか、そしてそれに続く三日間にはどうか、毎日セックスができるか？　一日の例外もなく？　日に何回できるか？　一二時間で達成した最高記録は何回か？」、プレヴェールなる者が答える、「ぼくの場合、セックスはたいていは一回か二回だね、しない日だってある、スポーツは嫌いなんだ」、ペレなる者が答える、「二回か三回というのが穏当なところだろう、続く三日もほぼその調子だと思う、一年中、毎日できるとは思えない、五時間で九回と言うのが記録だ」、ブルトンなる者が答える、「最初の日は四回、二日目は一回か二回で、三日目は二回か三回、四日目は一回か二回、最高記録？　五回以上続けてやると、どうしても外に散歩に出たくなる、それもひとりで」、タンギーなる者が答える、「最初の日は三回、続く三日間も三回ずつ、毎日？　それは無理、最高は五回」、それからまたブルトンなる者に発言が戻って、「獣姦はどうだろう、私は好まないけど、ネクロフィリアならやってみたいね」などと言う、私は呆れた、シンポジウムと称して、要するに猥談ではないか、しかも男性中心主義に満ち満ちた、なんとも時代遅れな、と失望しつつ、私は会議室を出た、通路に沿ってほかにもいくつか会議室が並んでいるので、ほんとうに言語学のシンポジウムはないのだろうか、と私は探し始めた、もしくは語学の研修、いや、それは困る、私は語学が苦手だ、そうこうするうちに、いつの間にか時間は経って、ランチタイムになった、いったい何のための午前中だったのだろう、しかし収穫がひとつあった、同一フロア内通路は建物中央で吹き抜けの空間に出るのだが、そこに、「性に関する探究」の余韻を引くように、むかし私が一方的に捨てた女が立っていたのである、むかしのままの姿形で、まさかと思う間にも、私に情欲がきざしてきた、こう言ってよければ、豚の渇きのように、歳月とは恐ろしい、あれほど女のことが嫌になって、ぼろ切れのように捨てたのに、今はむしろ女にはじめて会ったときのような感覚のみずみずしさを覚えるのだ、「やあ」と私は声をかけた、女は誘うようにはにかんで八重歯を見せた、しかし、私のほうで遠慮して、だってそうだろう、捨てたのだから、後ろめたさがある、それでなんとなく距離をとって通路を歩いているうちに、どこかから鳥が飛んできた、種類はわからないが、まぎれもなく鳥である、まさか、ここは塔の内部であり、鳥など飛んでいるはずもない、という思念に一瞬気を取られているあいだに、はぐれてしまった、女とはぐれてしまった、あれ、おかしい、どこに消えたのだろう、あたりをキョロキョロと見回すが、女はいない、そんなばかな、抱いてもいいと思っていたのだ、こうなると焦慮が増す、ここで待っていれば、向こうから戻って来るかもしれない、いや、こちらから探しに行くべきか、時間はたっぷりとある、キャリーケースが邪魔だが、仕方ない、ふたたび出くわしたら、私の部屋に連れ込もう、口実はいくらでも考えられるだろう、私は楽しくなってくる、もうすぐ抱けるのだ、それにはしかし、女と合流しなければならない、どうすればいいのだろう、同一フロア内通路を隅々まで歩いたが、合流できなかった、突き当たりに食堂があったので、私はそこでとりあえず昼食をとった、つもりが、信じられないことだが、もう夕刻になっていた、窓から夕陽が見えたのである、美しい夕陽だった、炎に包まれて沈んでゆく船のような、という比喩は、しかし出来過ぎだろう、と思いながら、女も食事に来るかもしれない、とも思って、食事の後もしばらく待ってみたが、女はあらわれなかった、仕方なく、外回りの螺旋の回廊に出た、女はここを登っていったのかもしれない、というか、この螺旋は降りられないのだ、降りると罰せられる、ということは、もし女が上の階に行ったとしたら、ここで待っていても、女は戻って来ない、私も登って上の階に探しに行くしかないのである、明日の研修の会場も上だ、往きて還らずか、私は欲望が生煮えのまま、欲望が生煮えのまま、欲望が生煮えのまま、三日目、七〇七号室で目が覚めた、目が覚める前は、やはり何かの研修で中国のとある都市に来ていたらしく、束の間、ある施設で共同生活をしていたようだ、そして何日目かの朝、集合場所に行こうとするが、建物は学校のように広く、どの部屋に行けばいいのかわからない、誰かに聞けばいいのだろうが、誰に聞いたらいいのかわからない、スマホを取り出してみるが、壊れているのか、うまく操作できない、みんなもう出かけてしまったようで、私はどうやら取り残されてしまったらしい、どことなく閑散とした建物の中を私は歩き回る、建物自体が半ば廃墟のように変容してしまったかのようだ、排泄の問題もあって、私はそれとなくトイレを探すが、見当たらない、そのうちに、私は私自身が荒廃してしまったように感じる、どこで何をすべきなのか、昨日までふだんはどこで排泄していたのか、そもそもこの建物は昨日までと同じ建物なのか、すべてがぼんやりしてしまっている、そう言えば、老いぼれた男が数人、いかにも所在なげにうろついているのが見えるが、私もそのひとりなのか、と思ったところで目が覚めた、昨日はあれからまたも七階の同一フロア内通路を歩き回り、女を探し回ったが、ついに見つからなかった、ともあれ、今日も研修だ、研修があるのにちがいない、そう思って身支度をし、キャリーケースを転がして部屋を出た、そして外回りの螺旋の回廊を登って八階に行くと、ほどなく、昨日と同じように会議室があらわれ、ドアの前に「塔学会」とあった、そんな学会があるのか、だが、あるとすれば、このバベルの塔で開かれてこそふさわしいではないか、塔のなかで塔について考える、そう、メタ塔の出現であり、昨日の「性に関する探究」よりはマシかもしれない、もしかしたら私自身が「塔学会」の会員なのかもしれない、そう思ってその「塔学会」のドアを開けると、すでに議論は白熱していて、白熱が議論しているようだった、塔のなかで塔について議論することの意味について、無意味だという者と、非意味だという者と、未意味だという者とがいて、無意味だという者は非意味になるまで議論しなければならないというし、非意味だという者はいくら無意味を重ねても非意味にはならないというし、未意味だという者は、無意味も非意味も到底未意味に到達することはできないし、それこそ議論すること自体が無意味だというし、すると無意味だという者は、私の無意味という言葉を勝手に使うな、失礼ではないか、まだ意味にもなっていないくせにというし、こうして白熱が議論しているのだったが、埒が明かないと私はみて、つぎの会議室に行く、ここもやはり「塔学会」の続きなのか、ちょうどある者が「さざえ塔について」というタイトルで発表し始めていたので、最前列の席に座ってそれを聴く、彼あるいは彼女いわく、「ときおり世界について考えることがありまして、でもまあそんなに深く考える必要はなくて、さざえ塔、そうそれはさざえ塔と呼ばれます」、すかさず私は尋ねる、まだ質疑応答の時間ではないはずだが、私は私の好奇心を抑えることができない、「さざえって人の名前ではなく、栄螺のことですか、巻貝の一種の」、「そうです、つまりその栄螺のように螺旋を巻いているんです、外から見るとなんの不思議もない六角五重の木造の塔なのですが、ほら、こんなふうに」、そう言いながら、彼あるいは彼女は、手元のPCを操作して背後のスクリーンにさざえ塔の画像を映し出した、「こんなふうに、何の変哲もありません、でも入ってみると、通路が右斜め上方へ上方へとゆるやかな傾斜をなして続いていて、辿っていくうちに、ぐるぐると内部のへりを回っているような気がして、そうかこの通路は螺旋をなしているのだということがわかりました」、私は話を遮る、「この塔と同じだ」、「ええ、螺旋だとわかると、まるで自分までもがぐるぐるとねじ巻き状に絞りあげられて行くみたいで、てっぺんではどんな眩暈に待たれていることだろうと思ううち、いつの間にか通路は、右斜め下方へ下方へと傾斜の向きを変え、まるでさっきまでねじ巻き状に絞り上げられていた自分が、今度はゆるゆると同じねじ巻き状に緩められ解かれてゆくみたいに、降りて降りて、気がつくと裏口に出てしまっているんです、ああこれが世界というものなんだなと、私が言いたいのは、つまりわれわれがいまいるこの塔も、さざえ塔がモデルになっているのではないか」、私はまた尋ねる、「ということは、われわれもいつかは自然に螺旋の通路を下ることになって、外に出てしまう？」、彼あるいは彼女は答える、「たぶん」、私はなおも問う、「まるで人が母親の胎内から外に出るように？」、彼あるいは彼女は答える、「たぶん、ではこれで私の発表を終わります、ご清聴ありがとうございました」、パラパラと拍手があり、それから司会者とおぼしき男が私の方に目配せした、私の番らしい、そのときになってはじめて、私は何も発表の準備をしていないことに気づき、愕然とする、思えば、これまでの私の人生というのが、いつもこんな調子だった、いつも準備不足だったり、人に遅れをとってしまったり、到着したらもうすでにイベントが終わってしまっていたり、今も、口から出まかせに話すしかない、「塔、塔ですよね、ロンドン塔とかエッフェル塔とか、ふたつは全然違いますね、ロンドン塔は石で出来ていて、エッフェル塔は鉄で出来ていて、隙間だらけで、東京タワーも鉄の塔ですが、エッフェル塔に比べると軽いというか、キッチュというか、しかし塔は二つあるのがいいのではないでしょうか、眼だって耳だって、肺だって腎臓だって、いや睾丸だって卵巣だって、みんな対になっているでしょ、塔もだから」、ここでしかし、私の発表は中断を余儀なくされた、なぜなら、またも鳥が飛んできたからである、鳥だけはこの塔のなかを自由に行き来できるらしい、見たところ大型の鳥で、アホウドリかもしれない、会場はざわめきたち、鳥を捕獲しろ、渇きの九階に行かせるな、などと怒号が飛び交い、おかげで私の発表のノルマは雲散霧消、そのまま私は会議室を出て、ありがとう鳥、昨日は私の欲望の邪魔をしたのに、きょうは助けてくれたね、しかしその後の記憶がない、

四日目、九〇八号室で目覚めた、ここはどこ、私はだれ、というふうに目覚めて、何しろ記憶が飛んでいるのだ、昨日「塔学会」での私の発表の途中で鳥によぎられてから、どこで何をしていたのか、まるで泥酔した翌朝のように、全く思い出せない、いやそれ以前のことも、ぼんやりとしか思い出せない、あるいは鳥が、私の海馬の一部を餌か何かのようにさらっていってしまったのだろうか、唯一その鳥の影が、まだ眼の裏に張りついている感じがする、ただ、数分後に、ここはバベルの塔であり、私はそこに研修に来ている何者かである、だから今日も研修があるのだろうと、その程度には記憶が戻ってきた、そこで、起きて顔を洗い、服を着替えて、部屋を出ようとしたそのとき、その部屋が九〇八号室であることを知り、**豚は渇きの九階で育っている**、その九階に自分は今いるのだ、と気づき、さらに、きょうの研修について何の情報も与えられていないことに気づいた、あ

るいは昨日、どこかで誰かに与えられたのだが、それを私は忘れてしまったのかもしれない、そこで、研修はもう終わったのだと勝手に判断してしまうことにした、振り返るまでもなく、研修の成果はほとんどない、そもそも、研修を受けるためには、塔において私とは何者なのか、何者になろうしているのか、わかっていなければならないはずだが、塔に入ったそのときから、それがあやふやなのだ、まるで研修というシニフィアンが先行して、そのシニフィエはどうでもいい、あるいは、少なくともかなり後からついてくる、とでもいうかのように事は進んでいる、と考えていいのか、ともあれ、食堂に行って朝食をとり、また部屋に戻った、することがないので、はぐれてしまった女との久しぶりの情交を先取りして自慰をしたり、というのも、私は女との合流を諦めてしまったわけではないのだ、それからテレビをつけてゲーム画面を出し、昔懐かしいテトリスというゲームをしたり、中断してしまった塔についての私の発表の続きを考えてみたりした、塔は対になっているべきで、ツインタワーですね、善の塔の隣に悪の塔があり、優美な塔の隣に剛直な塔が立っている、いや、ひとつの塔でも、その内部でいつの間にか様相が一変しているような、そういう塔のほうがスリリングではないでしょうか、そういえば、と私は夢想を中断した、この塔も、上に行くにつれて荒廃しているようにみえる、最初にそのことに気づいたのは、七階で女を探し回ったときである、五階で女と出くわしたのと同じ建物中央の吹き抜けの空間に出たのだが、五階の吹き抜けとは様相が一変して、それはまるで、ピラネージの絵のなかに迷い込んだかのようだった、ピラネージ、十八世紀のイタリアの画家だ、牢獄と題して彼が描いたところの、崩れかけた階段や途中で終わる橋梁や何やら処刑機械のようなものが層々と積み重なるあの奇怪な建物の内部、それがこの塔にも幾分か規模を小さくして穿たれたかのようで、塔のいわば芯の部分はこんなにも荒廃しているのか、とそのときは思ったが、その吹き抜けの荒廃が、次第に上の階の吹き抜け以外の部分にも及ぶようになったのだろうか、というのも、九〇八号室を出て九階の同一フロア内通路を歩いていくと、朽ちかけた研究室のような細長い空間があらわれた、ドアは取り払われている、なのでそのまま足を踏み入れると、壁の両側は書棚になっていて、まるで地震のあとのように、そこから夥しい数の本が雪崩れて床を埋め尽くしていたが、目を落とすと、ほとんどが言語学や言語教育関係の文献だ、そのなかに「バベル言語学会会報」という雑誌が何冊もあることに気づく、そうか、かつてはここがバベル言語学会の本部か何かだったのだろう、そして言語学や各国語をめぐる研修やシンポジウムも行われていたにちがいない、じっさい、その黄ばんでぼろぼろになった雑誌のひとつを拾ってページを繰ると、「発表要旨（日本語）」とあって、「**豚は渇きの九階で育っている**、そして人から獣が這い出すように、音楽も渇きである、そのようなものとして、音楽は言語以前から存在し、だから言語は、バベルは、おまえらの脳が発達する過程で生まれた音楽の特殊形態にすぎない」云々と読める、「発表要旨」の文体に「おまえら」とはあまりにも似つかわしくない人称だが、言語が音楽の特殊形態にすぎないとは、ずいぶんと大胆な学説ではないだろうか、ついでに、たかが日本語の漢字表記の問題だが、なぜ水の母と書いてクラゲなのか、なぜ海の月と書いてもクラゲなのか、ふとそんなことまで気になり出し、しかしそれ以上に、**豚は渇きの九階で育っている**という、この塔に到着以来の謎めいたフレーズが、こんな古い雑誌にも、まるで入れ子のように組み込まれていることに、私は軽い眩暈を覚えた、その眩暈のまま、一日を過ごしたような気がする、その眩暈のまま、私は昼に食堂でカツカレーを食べ、その眩暈のまま、窓の向こうにひとひらの海がみえ、それが女の回転する乳房に変わり、その眩暈のまま、すれちがう人影から聞き慣れない言語で話しかけられ、私は言葉を返すことができず、それが何かこの研修にとって致命的なミスだったように思われ、その眩暈のまま、午後にはなぜか発熱した、ひどく発熱した、その眩暈のまま、とある壁に架けられた絵が、女の股間をリアルに描いたクールベの「世界のオリジン」の複製かと思われたが、それが動画のように、プロジェクション・マッピングのように動くのをみた、つまりそこから血まみれの赤児の頭が生まれ出ようとしていて、「生まれるな」とその頭を膣内に押し戻そうとする男の手があって、その手は、よくみると私の肩から出ているのだったが、そんな馬鹿な、発熱のせいにちがいない、それでフロア内にクリニックがあるかどうか探した、まさかこんな荒廃したフロアにあるとも思われないが、もしかしたら私は、塔への到着のあと、何かの感染症にかかってしまったのではあるまいか、たいていの感染症はまず発熱から始まる、それから咳が出たり、発疹が見られたり、痙攣が起こったり、呼吸が困難になったりと、つぎつぎと恐ろしい事態に見舞われて、ついには死に至るのではないか、だからクリニックを探さなければならない、なんとしても、どんな犠牲を払っても、たとえ死出の旅の途上であっても、クリニック、クリニック、とその言葉が反復強迫のように私の心を占めて、ほとんどパニックになりかけたが、しかし同時に、待てよ、クリニック、パニック、おお、韻を踏んでいるではないか、私は詩人だ、いやラッパーだ、と急に陽気になり、クリニックなくとも、パニックよ在れ、ここの肉、この肉、こねこねこねっぱ、こねこね肉っぱ、などと高揚するうち、夜になり、遠く人語のざわめきが聞こえ、それがまるでバベル以前のただひとつの言語のざわめきのようで、不思議と心地よく、塔に到着して初めて穏やかな気分になり、滲み入るような闇の優しさを感じつつ、ついでに、熱もいつの間にか引いていた、

五日目、昨日と同じ九〇八号室で目が覚めた、その前に例によって夢をみた、それを記しておくと、眼の下に擂鉢状に崖が広がっている、崖は段々になっていて、私はそこを降りてゆく、足場をひとつひとつ確保していくと、不思議に容易に降りられるのだ、底まで達して、しかしそこにいつまでもいるわけにはいかない、今度は登るしかないのだが、降りてきたはずの足場がうまく見つからない、取りつく島のないような岩場を前にして、私は途方に暮れてしまう、底のどこかに地下通路への扉があって、そこを通ればもといた場所に出られるのではないか、しかし底は完璧に塞がっている、やはり岩場を登って戻るしかないようなのだが、足場になるような広がりのある段々は見つからない、この上はほんとうの岩登り、手足を使うロッククライミングのようなことをしなければ、この岩場は登れないのではないか、壁面の個人戦という言葉が浮かび、私は絶望的な気分になる、そこで目が覚めた、しかし考えてみれば、擂鉢状の崖とは、このバベルの塔を逆さまにして地に埋め込んだみたいではないか、そう言えばダンテが描いた地獄も、バベルの塔を逆さに

したイメージだと、誰かがどこかで書いていなかったか、と古い読書の記憶を辿り、ところで、九階より上はないのだろうか、最初の日に言われたように、一日に二階ずつ登るのであれば、けさは十一階で目覚めていなければならないはずなのに、昨夜はどういうわけか同一フロア内通路から外回りの回廊に出ることができず、仕方なく、前日泊まった九〇八号室に戻ってきたのだったが、**豚は渇きの九階で育っている**という謎めいたフレーズが思い出され、不安になった、まさか私が九階に留め置かれたまま、豚のように飼育されていくのだろうか、ともあれ朝食を取ろうと、支度をして部屋を出ようとすると、ドアと床の隙間に紙の伝言が挟まれてあり、何ともアナログな通信方式だが、読むと、昨日はどうされましたか、八階の研修室にはお見えになりませんでしたが、今日と明日はクールダウンです、この九階のスパかジムに行って、とにかく体を休めたり鍛えたりして、塔の外への出発に備えてください、とあった、何の研修かもわからないうちに、もう研修は終わったのか、そんなことを考えながら、部屋の外に出た、通路を歩くと、右がジム、左がスパ、とあるので、私は左を選んだ、塔は上へと行くにつれて荒廃しているとさきに書いたが、ここも、見たところかなり老朽化したスパという感じで、入口には「水の永劫へようこそ」とある、水の永劫？　ここは渇きの九階ではないのか、わけがわからないと思いながら、中に入るとすぐに脱衣所があり、何人かの先客がいた、びっくりしたのは、男女の区別がないということだった、男も女も入り乱れて脱衣している、私もその中に加わったが、それぞれ、別に興奮するでもなく、恥ずかしがるでもなく、不思議に男であることが荒廃して、女もまた女であることが荒廃して、つまりここでのキーワードは依然として荒廃ということだ、性の荒廃、と言ってもいいかもしれない、それはあのマッチョな「性に関する探究」シンポジウムよりマシなのか、マシでないのか、脱衣の後はシャワーだった、これも壁の錆びたノズルからお湯がちょぼちょぼ出ているにすぎない代物で、中年の女がひとりそのお湯で股の汚れなどを落としていたが、私もそれをまねて、股の汚れなどを落とした、それから急に空間がひらけ、プールのような水槽に一面の水が広がっていた、ぬるぬるする床の上を歩き、水槽のへりに達して、水に手を浸すと、おお、生温い、私はそのまま足からゆっくりと全身を温水に浸していった、するとおお、なんという心地良さだろう、まるでこれはいつか浸った温水だという記憶の脂までもが溶け出していて、本能が作動したというように私は泳ぎ始めた、もう何年も水泳なんかしたことがないのに、不思議と泳げる、それもそのはず、水の永劫は水だけではできていない、たくさんの人の皮膚や肺胞のキララも溶けている感じで、つまりそれらと一体化して、それらの一部となって、自然に運ばれてゆく感じなのだ、十数メートル先の水槽の果てまで行って水から上がると、なんと私は、全身から琥珀のような水滴を滴らせているではないか、それから脱衣所に戻り、服を着て、しかしなんだかひどく疲れ、ひどく歳をとったようにも思われて、同一フロア内通路を歩きながら、このどこがスパだよ、と悪態の一つもつきたくなって、なおも歩いていくと、どこからか獣臭い、いや糞尿の臭いがしてくる、その臭いに誘われるままにとある部屋に辿り着き、ドアを開けると、VRで覗くように、キーキー、あるいはヴーキー、豚とおぼしきピンクの生き物のアバターが泣き喚いていた、そこに私も封じ込められて、キーキー、あるいはヴーキー、ここは胎内かよ、と思えるほどに、誰か、外からの誰かから生き延びを視認されているのだった、まさかそんな、封じ込められていたのは私のアバターで、その生き延びを、ほかならぬこの私が、ドアのところで視認していたのだ、いや、それでは合理的すぎる、この塔に合わない、視認したのも視認されたのも、この私でなければならぬ？

六日目、もう何階かもわからなかった、十一階か十二階か、あるいはもっと上か、いつの間にかキャリーケースもない、どこに置いてきてしまったのだろう、九〇八号室か、スパの脱衣場か、メタバースのような部屋の入口か、しかしもうどうでもいい、あの中には着替えの衣類ぐらいしか入っていなかったのだから、どうでもいい、それよりも、生き延びを視認し視認されたあと、惑乱のまま空間を転げまわり、飛び跳ねまわり、闇のなかのダンサーのように、あるいはダンサーのなかの闇のように、遠い雷をほどき、彗星と葡萄を出会わせ、おお、ポエジーではないか、生き延びの視認がこの悦ばしき境地を生んだのであるか、しかし私は私であることをかろうじて維持して、きょうはもう眠ろう、するとタイミングよく部屋があったのでそこに入り、一夜を明かしたのにちがいない、そしてもう何階かもわからなかった、ただひとつたしかなことは、この階がさらに荒廃していたということだ、同一フロア内通路はもはやなく、部屋から部屋へと突き抜けていく構造になっていたが、それぞれ、塔内外の市場や流通から漏れ落ち、いつしか時間が止まってしまったというような、そして静謐な空気だけを詰め込まれたというような、そういう廃墟の空間がつぎつぎとあらわれた、それはまるで、廃墟見本市として、町中の廃墟をここに移築して、あるいはそのレプリカを作って展示したかのようで、いや、じっさいそうだったのかもしれないが、スペクタクルとしてそれは面白く、私は眼をみはった、たとえば、壁紙がかすかに差し込む日の光に照らされて、往時の華やかさを蘇らせている部屋、かと思うと、床いちめん草に覆われ、内部に野原をかかえてしまったような部屋、ビーナスの誕生を思わせる巨大な貝殻を模した回転ベッドが、まるで放心したように、来ないカップルを待ちつづけている部屋、がらんとした空間に手術室の巨大な無影灯だけが残っている部屋、体育館とおぼしき規則正しく並んだ窓枠のガラスのことごとくが割れてしまっている部屋、さらには、なんと遊園地のスクリューコースターの螺旋があり、奇妙な生気を帯びながらも静かに朽ちている巨大な部屋、エトセトラ、エトセトラ、そうして誰か外から生き延びを視認されているような、昨日のあのときのことがよみがえり、かつては教会堂だったのだろう、水浸しの床に映し出される天井の幾何学的リズムが美しい部屋があらわれた、めずらしくそこには人がいて、黒ずくめの服に十字のペンダントを掛けている、牧師だろうか、私はその男から、目の前の椅子に座るように言われ、座ると、あたかも死の説教のような言葉を浴びせられた、研修はもう終わっているはずだが、それとも、これこそは研修のハイライトであろうか、「あなたの在りし日にようこそ」と彼は言った、「えっ」と私は驚いた、「私の在りし日？」「そうです」、以下、こんなふうに問答はつづいた、「あなたは死を恐れている」「たしかに、しかし誰だってそうじゃないですか」「それは死を未来に設定しているからです」「もちろんですよ、いつか死は必ずやってくる、だから怖い、違いますか」「違います、ハイデガーは死を先取りするようにして生きろと言いました、でもそれではまだ死を克服するに十分ではありません、さらに死を先取りして、死を在りし日へと取り込んでしまえばいいんです、するともう時間は流れません」「はあ」「いいですか、私たちはすでに死んでいる誰彼の写真を見て、在りし日の××の姿、などとキャプションをつけます、でも、終わる生があり、始まる在りし日がある、というのではないのです、終わる生よりもさきに、在りし日にいわば先回りさせてしまうのです、時間はもう流れません、喜ばしくもあなたは、いわば時の琥珀に封じ込められます」、いったいこの男はほんとうに牧師なのか、「じっさい、あなたはすでに、この塔の中で、幾分かあなたの在りし日にいました、スパで琥珀の滴を垂らしたでしょ、それから、昔の女と再会したでしょ、そんなことは普通の人生の流れの中では起こり得ないことです、だってその昔の女はもうすでに死んでいるのですから」「えっ」「間違いありません」「ということは、私は女の亡霊に出くわした?」「いいえ、そうではありません、だいいち、亡霊だなんて思わなかったでしょう、情欲が湧いたのですから、思わなければそれでいいんです」「はあ」「いずれにしても、在りし日を求めるには、場所と記憶の和を二乗したものを展開して、場所の二乗と場所と記憶の積の二倍と記憶の二乗との和にすればよい、というものでもありません、わかりますよね」「ええ、なんとなく、でも、あなた、ここの牧師ですよね」「そうです」「だったら、説くのは在りし日じゃなくて、ヘヴンでしょ、ヘヴンに至る道でしょ」「ヘヴン？　蝿がヴンヴン飛んでいる、ヘンに明るい場所？　さあもう行きなさい」

七日目、あれからじっさい私はどこかに行き、最終の何かをしたのだろう、蝿がヴンヴン飛んでいる、ヘンに明るい場所にも行ったかもしれない、しかし気味が悪いほど誰とも出くわさなかった、まるでこの塔から人がごっそり引いてしまって、私だけ取り残されたかのような、無人、どこまでも無人、それから眠りに就き、夢もみず、目覚めて、どうやらそこが最上階らしかった、天井の代わりに青空が見えたからである、あたりを見まわすと、そこはまさに、建設の途中で放り出されたまま、歳月だけが流れたという感じで、足の踏み場もないほどの瓦礫、剥き出しの錆びた鉄筋、朽ちかけた足場、ギザギザのコンクリートの壁、そこに立てかけられた手押し車、その脇に乱雑に積み上あげられた煉瓦やタイル、その向こうに博物館の恐竜の骨のような放置されたクレーン、などなどが、まぎれもない廃墟の風景を作り上げていた、いや、廃墟とは、もともとは何かしらの立派な建造物が時間とともに荒れ果てていったその姿を言うのであって、ここは違う、ただの中断された建築現場ではないか、不思議なことに、瓦礫の隙間から一本のひまわりの茎が伸びて、場ちがいに鮮やかな黄色い大輪の花を咲かせている、ああ今は夏なのかと、このとき私は初めて季節を意識したが、ともあれ、太古の昔のほんとうのバベルの塔の最上階もこんなふうだったにちがいない、空が青すぎて気が狂いそうだ、混沌の色もまた深い青ではないだろうか、風が吹いている、風は塔のめぐりをめぐっている、そうしていっそう、塔の荒廃を促しているようにみえた、いや、風とともに塔は崩れる、風は塔の塵を運んでいる、それだけではない、どこか下方の窓から鳥の群れが飛び立っている、塔の内部に鳥が棲んでいるらしいことはすでに述べた、その鳥だろうか、それはしかし、塔のかけらかもしれない、塔のかけらが、鳥のかたちをして飛び去っているのだ、美しい、美しすぎる、遠い未来のある晴れた日の午睡のなかでみる夢のようだ、と私は思いながら、それでもその場を離れ、最上階から螺旋の回廊に戻ると、上の階がないので当たり前だが、それは下りになっていた、あるいはこれまでただひたすら登ってきた同一の螺旋の回廊を降りたにすぎないのかもしれないが、降りることは禁止されているはずだ、しかし誰も止めにこない、それとも別の降下専用の螺旋を私は降りている？　二重螺旋？　いったいこの塔はどういう構造になっているのか、そう、さざえ塔だ、塔学会でその存在を知らされたさざえ塔だ、螺旋の通路がいつの間にか上りから下りになっているというあの塔だ、ともあれ、降りるしかない、降りるしかないので降りた、私は降りた、**豚は渇きの九階で育っている**その九階も過ぎ、八階から七階へ、塔学会から性に関する探究へ、以下同様、四階へ、三階へ、誰にも会わない、代わりに、どこから出てきたのか、私のとおぼしきキャリーケースが私を先導するように前に立ち、「待てよ」とそれを追ううちに、「待てよ、私のキャリーケースじゃないか、勝手に先に行くなよ」となおも追ううちに、降りる速度にも弾みがついて、あっという間に地上階に出て、しかし初日に通ったエントランスとは明らかに違う、異様にひっそりとした裏口とおぼしき出口から、そのまま、勢いあまって、キャリーケースともども、この世への二度目の誕生のように、「わっ」と塔の外に飛び出してしまった、

＊「シンポジウム　性に関する探究」の箇所は、アンドレ・ブルトン編『性に関する探究』（野崎歓訳、白水社、一九九二）からの引用。

夜なき夜

以下は、いまから二十年近く前の、二〇〇五年二月初旬のある日の夜に、私の身辺に起こったことのすべてである。

その日、母が危篤になったからすぐ来るようにと、姉から携帯に連絡が入ったのは午後遅く、私がまだ勤め先の、といっても週に一回、非常勤で出講しているだけの都心の某女子大にいるときで、ちょうど四時限目の授業を終え、教員室へ戻る途中だった。私が担当していたのは文芸ライティングコースの「日本語作詩法」という科目で、その日は冬学期最後の授業にあたっていたため、学生から集めた大量の作品をかかえていたが、けたたましく着メロの鳴った携帯をポケットから取り出すときに、あやうくそれらを床にばらまきそうになった。いや、作品の束のなかから、一枚の小さな紙片が抜け落ちて、ひらひらと舞いながら廊下の床に落ちたのだった。それを視野の片隅で確かめながら、携帯を開き、耳に当てた。私の「もしもし」よりも早く、切迫した姉の声がひびいた。

「お母さんが危篤になったから、すぐ来て」

「すぐって、まだ大学だから、一時間はかかるよ」言いながら紙片を拾い上げる。

「まあそれくらいはもつと思うけど」急に声のトーンが落ちた。危篤とはいっても、じつはまだあまり切迫していないのかもしれない。

紙片はとある学生の遅延証明書だった。遅刻したその女の子は、授業の終わりに、教壇の私までそれを届けにきたのだが、すこし大股の、まるでためらいがちにつま先を伸ばしていくような歩き方で、それを目にした瞬間、私は記憶になにかしら閃光をあてられたような気がして、はっとしてしまった。

廊下から中庭に出たとき、閃光の理由がわかった。彼女の歩き方は、むかし私がつきあっていた女とよく似ていたのだ。高校のひとつ後輩にあたり、二十歳の私がはじめて抱いた女、そしてそのあとぼろ切れのように捨てた女だった。

学生の顔は？　それがついさっきのことなのに、よく思い出せないのだった。遅延証明書を受け取るとき、たしかに一瞬眼と眼を合わせたような気がするのに、その女子学生の目鼻立ちがどうしても像を結ばないのだ。たぶん閃光のせいだろう。もしかしたら、顔まで似ていたかもしれないのに。

中庭から教員室に戻り、学生の作品の束を鞄に収めると、教務の女性にそそくさと挨拶をすませて外に出た。母はすでに二日前から昏睡の状態にあり、それなりの覚悟はしていたが、さすがに来るべきものが来たという心のさざ波が、胸郭のほうまで打ち寄せてくる。何か大きなイベントに赴くような気分だ。駅までの街路を歩きながら妻に携帯で連絡を入れてみたが、応答がないので留守録メッセージを残し、それから電車に飛び乗って、都心から三十キロほどの、埼玉県入間市というところにある生家の近くの、母が入院している病院に駆けつけたのだった。

ところが、病室に入ってみると、先に来ていた父や姉が退屈をもてあましたような顔をしている。ベッドを覗くと、母は、意識こそないものの、落ち着いた呼吸を続けており、どうやら今夜ぐらいは持ちそうな感じだった。

「ずっとこんな感じ？」

「そうなのよ、危篤ってお父さんが言うから、飛んできたんだけど」もうすでに少し疲れたというような顔で姉は答えた。
「年寄りはだいたいこうなんだ」と父のしゃがれ声がつづき、最近死んだ近所の老人の例を引き合いに出した。危篤だといわれて家族が駆けつけると、当人は持ち直す。そういうことが二三度つづいて、いい加減家族がうんざりしてきたころ、ようやく逝ったのだという。

ベッドの傍の心電図のモニターもずっと一定の波形を描き出している。ふつう、臨終が近づくとその波形が乱れるのではないか。私は思い出していた。以前、まだ五十代で食道ガンに倒れた父方の叔父の最期を看取ったときのことだ。臨終の少し前、血圧がどんどん下がり始めて七〇を切ったあたりから、それまでほぼ一定の間隔で波打っていたラインが、まるで叔父の心の最後の動揺、いま生が断たれようとしていることへの納得のいかない最後の問いかけをあらわすかのように、乱れに乱れて上下動の激しいジグザグを描きはじめたのである。時間にして数分、多く見積もっても五分ぐらいのことだったろう。それからすぐ、そのジグザグがうそのように、残酷にも波形は一本の直線になった。

母もそうなるのだろうか。ならないような気がする。母の場合は生が断たれるという感じではないし、いわば本人とも相談の上でゆっくりゆっくりと死は準備されてきたのだろうから、心の動揺などというものともう縁が切れているはずだ。だから心電図の波形が乱れるわけがない。いや、臨終の瞬間さえそう簡単には来ないだろう。齢八十ということもあって、危篤から臨終までの時間は、さっきの父の話にもあったように、暮れなずむ夏の夕暮れのように長いにちがいない。

そんなわけで、念のため姉だけ病室に残って一晩母に付き添うことにし、私は年老いた父を生家まで送りがてら、そのままそこで待機することにした。

その父と食堂で少し酒を酌み交わしたあと、家政婦が用意したかんたんな夕食をとり、私は二階に上がった。父が涙ぐんで母の思い出などを語るので、なんとなくいたたまれなくなってしまったということもある。二階にはむかし私が使っていた部屋があって、引き戸を開けて中に入ると、ふだん人が住んでいないせいか、寒々しさを越えて、どこか荒涼とした雰囲気が感じられた。畳の床も歩くとざらざらする。私は暖房もつけないまま、部屋の奥の書架まで歩み寄り、捨てずにとってある古い雑誌や本の類を、それなりのなつかしさをもって手に取ったりした。そのなかに、『アサヒ芸能』臨時増刊「男と女のスキャンダル事件簿」というのが何冊かあり、なんでこんなものをとっておいたのだろう、自分でも訝しく思いながら、だがたちまち、その黄ばみを帯びたページに引き込まれてしまった。ほとんどページ毎に情事があり、強姦があり、殺人があった。エリート社員も貞淑な人妻も、みな最初はふと魔が差したように、しかし途中からはずみがついてもうこのコースしかないというように、愛欲の淵へところがり落ちてゆくのだった。かつて私は、まさかそれを種にして小説でも書こうとしたのだろうか。『ボヴァリー夫人』だって、もともとは新聞の三面記事から想を得たものなのだ。実のところはしかし、私は詩を書いて詩人になり、本気で小説に取り組むということはついぞないまま、今にいたっている。

そこでようやく茫漠とした年月の流れを感じ取ったような気分になり、ふと時計をみると、まだ八時をちょっとまわったところで、なんだか今夜は時間の経つのが妙に遅いなと、埃で汚れてしまった手指を見ながらぼんやりと思った。死に臨んでいる母が、時間を間延びさせているのだろうか。そして静かだ。こんなに静かな夜を過ごすというのも実に久しぶりのような気がした。部屋の隅のほうで、静寂そのものが埃として降り積もりつつある感じだ。まるで海底にプランクトンの死骸やらなにやらがゆっくりと時間をかけて沈むように。ならば、もうすこし酒でも飲もうか。

ふと視線を書架の脇の窓に移すと、夜の闇を背景に私の顔が映っていた。それはあたりまえだが、次の瞬間、その隣に、もう四半世紀以上もまえに別れた女——そう、さきほど大学で、閃光をあてられたように記憶に呼び戻されたあの女の顔が浮かび上がった。強く意識して思い出そうとしたわけではないのに、いつもまぶしそうにしていた目尻、小鼻の細くすぼまった感じ、やや下唇のほうが厚くて前に出ている口元など、細部までひどく鮮明に、まるでほんとうに窓の向こうから私をみているみたいに、数秒ほどそれは浮かんでいた。もちろんすぐに薄れていったが、よりによってこんな晩に、いったいどうしたことだろう。あるいはひょっとして、これが無意志的想起というやつだろうか。

いや、無意識の反映かもしれない。私はふと、「裏箔のない鏡」という言葉を思い出した。アンドレ・ブルトンとフィリップ・スーポーによる、記念すべき最初の自動記述的な作品『磁場』の冒頭の章が、その言葉をタイトルにしている。「裏箔のない鏡」というのは、おそらく自動記述それ自体のメタファーであって、昼のあいだは透明な窓が、夜になると裏箔のない鏡のようになって、そこに部屋の内部を映し出す、ちょうどそのように、自分たちの自動記述も、昼のあいだは見えない無意識を映し出すことになるはずだ、ということだろう。

窓から離れ、もう一度像を結ばせようと今度は意識して女の顔を思い出そうとしたが、さきほどのようにはうまくいかない。だが、ひとつの思いだけは残った。もしも私にも臨終のときが訪れて、最後にまぶたに浮かぶ顔があるとすれば、それは——私には子供がいないので——妻や母の顔、父や友人たちの顔ではなくて、もしかしたら四半世紀以上もまえに別れたさきほどの女の顔ではないか。

まさかそんな。もうすこし酒を飲もう。つよくそう思って階下に降りると、食堂の明かりが消えていて、父はもう寝静まったらしい。こんな日はおとなしく一人で飲みながら待機するものだろうが、なんだかそれも気がすすまない。私はふと思い立って生家の外に出た。

さきほど連絡が取れなかった妻に再度発信すると、今度はつながったので、母の容態を伝え、今夜は生家に泊まることになるだろうと付け加えた。

夜間の郊外はさすがに冷える。もう氷点下に近いのだろう、雑木林のへりの土の上を歩くと、かすかに霜柱を踏む音がした。空を見上げると、はるかオリオンの三連星から、冷気に満ちた星の匂いが届いてきそうだった。月は見当たらなかった。

そうして夜の田舎道を十分ほど歩くと、とある私鉄の駅へと続くさびれた商店街が見えてきた。さてどこで飲もうか。ふだんの生活圏ではないので、行きつけの店は全くない。ただ、どこかこのあたりに、半年ほど前の小学校の同窓会の二次会に、地元の同級生たちに連れて行かれた「京子」という名のカラオケスナックがあったはずだ。そう見当をつけて歩いていくと、その通りに難なく見つかった。「京子」といっても、たしか京子という名のママではなく、ではなんという名前だったか、思い出せない。ほかにホステスがひとりふたりいて、こっちが酔っていたせいか、土偶のように腫れぼったい顔をしていた。

今夜もあの顔に出会うだろうか、などと思いながら、重い木製の扉を押して中に入っていった。おお、なつかしい。薄暗い店内にはカーペットが敷き詰めてあり、カラオケ用のテレビやマイクスタンドを中心に、臙脂色のベルベットを張ったボックス席が配置されていた。いつだったか、同じ埼玉の深谷かどこかの、保険金殺人の舞台となったカラオケスナックがテレビに映し出され、店のオーナーでもある容疑者の男が虚勢を張ってふんぞりかえっていたが、その男の肩越しにみえたのとそっくり同じ臙脂のベルベットだ。いまどきこんな内装も珍しいのではと、同窓会のとき同様に思いながら、私はその隅に腰を下ろした。背もたれのあたりから時間の脂が滲み出してきそうだった。

ほどなくして、店のホステスとおぼしき女性がやってきた。キャンドルで照らされた彼女の顔は、土偶ではなく埴輪だった。

「どうも」と私から馴染みのように声をかけると、

「あ、どうも」と一瞬当惑したような顔になり、それから、「おひとり？」と業務用のコードに戻った。たしかに、よほど近所の常連でもないかぎり、こんなところに一人では来ないだろう。

私は水割りを注文した。いったん女はカウンターの方に戻り、それから水割りのグラスと氷の入った容器をもって戻ってきて私の隣に座った。とびきり若くもなく、とびきり美形でもない。ただ、下方から射すキャンドルの光の加減なのか、女の頬の片面だけが明るく照らされて、一瞬、大げさに言えばまるでジョルジュ・ド・ラ・トゥールの絵に描かれたマグダラのマリアのようにみえた。埴輪から泰西名画へ、さらなる進化だ。

そのついでにあたりを見回すと、客は私のほかに数人いて、互いに顔見知りのようだったが、にぎやかに談笑している風でもなく、かといって入れ替わり立ち替わりマイク前に立つというのでもなかった。あるいはすでにひとしきり歌い騒いで、ひと休みしているのかもしれない。そのほうが静かなのでふつうなら助かるところだが、その日の私はなぜかまわりが騒がしくノイズにみちていることを欲した。というのは、「おひとり？」に頷いたきり、ホステスとは何も話すことがなく、私の席の沈黙がひときわ浮き立つように思われたからだ。一杯目をあっというまに空にすると、ホステスは二杯目を作りながら、「何か歌いません？」と水をむけてきた。同窓会のときは、たしか私は、井上陽水の「リバーサイドホテル」を、音程を外しっぱなしに絶叫した。しかし、母親の臨終を待ちながら歌う歌なんて、果たしてあるだろうか。二杯目になっても相変わらずしきりとグラスを口に運ぶだけの私にあきれたのか、女はいつのまにか私の隣からいなくなっていた。

そうして私もいつのまにかうとうとしてしまったらしい。どのくらい眠ってしまったのか、気がつくと店内は一段と静かになっていた。まず、さきほどの数人の客がいなくなっている。夜も更けてみんな帰ってしまったのだろうか。そうだ私も帰らなければ。母が危篤だというのに、こんなところでいつまでも酒を飲んでいるわけにもいくまい。そう決めて、勘定を頼もうと首を伸ばし、カウンターの方をみると、従業員の姿がない。たしかホステスが二人とママさんらしき別の女性がいたはずだが、と私は訝しく思いながら立ち上がり、カウンターまで行って確かめることにした。けれども、カウンターの中、カウンターの奥のキッチン、どこをのぞいても誰の姿もみられない。まさか私を残して従業員まで帰ってしまったわけではないだろうな、とそんなばかばかしい思いつきそれ自体に苦笑しながら、そのときはじめて、カウンターの隣の奥まったところに上り階段があることに気づいた。そうか二階にいるのか。階段の下は段ボールやら何やらで足の踏み場もないほど

だった。それをよけて身をよじらせるようにしながら、
「すみません、すみません」と私は踊り場の暗がりに向けて声を送った。しかし一向に応答がない。私はとうとう階段を上り始めた。踊り場で体の向きを変えると、二階がみえた。ドアが半開きになっていて、そこから光が洩れていた。それに誘われる蛾かなにかのように、私は残りの階段を駆け上がった。

ドアを開けると、朝のような明るさ、というかまばゆさだった。光源がどこにあるのか探そうとしたが、逆光でみえにくく、思わず手をかざしたりしてみた。だが、光が正面脇の窓の方から射し込んでいることはあきらかだった。つまり陽光だ。まさかそんな。めくるめくような思いにとらわれながら、私はあたりを見回した。何か仕掛けがあるにちがいない。

客は奥のほうのボックス席に若者らしき男がひとり、本を読んでいるのだろう、こちらに背を向けてうつむき加減にすわっているだけで、空間は全体にがらんとしている。インテリアは黒のモノトーンで統一されている感じだ。そのせいで光が余計に強調され、差し込む外光の帯には、埃の粒子の舞うのが見えてさえいるかのようだ。そうした店内にどこか既視感があるのを訝しがりながら、私は歩き始めた。すこし床がぎしぎしして、その音

に男が私のほうを振り向いた。ゆっくりとスローモーションのように。逆光なので顔のシルエットだけが浮かび上がるが、やはり若者だ。たばこの煙がそのシルエットと戯れ、逆巻いているようにみえる。彼はすぐに向き直り、うつむいて本をまた読み始めた。

店のBGMが聞こえてくる。モダンジャズだ。学生の頃よくモダンジャズを聴いた私には、それがハービー・ハンコックの「処女航海」のテーマ部であることがすぐさまわかった。たまらなくなつかしい。スローテンポなリズム構成をバックに、トランペットが、あのまさに冒険に乗り出すときの、不安と期待の交錯を音にしたようなメロディーを吹いている。それに押されるように、私は若者の席を通り過ぎて壁際に達し、そこで振り返った。

もう逆光ではない。若者がもう一度本から顔を上げて私をみた。私だった。昔の長髪の私だった。そのときになって私ははじめて思い出していた。そうだここは、この喫茶店は、二十歳の私がある女の子とはじめてデートをした場所にちがいない。いきなりそんな場所に身を置いていることをわれながら不思議に思わないのが、不思議といえば不思議だった。

「やあ」と私は声をかけた。昔の私は黙ってうなずき、私をしげしげとみた。別段驚いた様子もなく、迷惑そうな表情も浮かべていない。たぶん彼のほうでも、あたりまえのように、五十過ぎの私の顔に未来の自分を認め、そしてそれ以上のことはまだあまりよく考えられないのだろう。

「ここ、いいかな」

昔の私の座っている長椅子を指さしてたずねると、昔の私は何も答えずに長椅子の奥の方に腰をずらし、一人分のスペースを作った。こうして私は昔の私と同じ席に並んで腰をかけた。いつのまにコートを着たのか、尻がその裾を窮屈な感じで踏んでしまったので、それを外して座り直した。対面の椅子にしなかったのはなぜだろう、自分でもよくわからなかったが、たぶん私と昔の私との関係は、顔を面と向き合わせるよりも、同じ方向を向いてお互いの顔をあまりみなくても済むような座り方のほうがしっくりいくと思えたのだろう。

私たちはしばらくのあいだ何も話さなかった。何から話していいのか見当がつかなかったし、なにしろ私と昔の私とのあいだには、空間的にはいまほとんど体を接しているが、時間的には四半世紀以上のへだたりが横たわっているのである。

死に臨んでいる母が、今度は時空の場に歪みをつくり出してしまったのだろうか。私はふと、以前どこかで読んだことがあるSFのショートショートを思い出した。記憶が曖昧になっているので、私の創作も混じっているかもしれない。主人公は孤独な少年である。

クラスの仲間とも打ち解けることができない。あるとき彼は、トンボの飛ぶ校庭でひとりブーメランを拾い、それを、孤独そのものを投げるように、思いっきり遠くへ投げた。するとブーメランは、そのまま空の奥に吸い込まれてしまった。そんな馬鹿な。しかし少年は、ブーメランが戻ってくることを諦めて校庭を去り、同時に、こんなつまらない惑星からも去ってしまいたいと思った。それで宇宙飛行士になり、念願かなって惑星を飛び出し、光子ロケットで未踏の宇宙をへめぐった。英雄になって帰還した彼は、なつかしい母校を訪れ、再び校庭に立つ。地上ではもう五十年以上が経っているはずである。そういえばあのとき、ブーメランを飛ばしたなあ、と思い出しながら、しかし不思議なことに、あたりの風景はあのときのまま、おや、トンボまで飛んでいるよ。とそのときだった、空の奥から、なんとそのブーメランが、唸りをあげて戻ってきたのは。彼は不意を突かれ、ブーメランに喉元を抉られてしまう。

昔の私が本を手にしたままたばこを灰皿でもみ消した。私は三十代の半ばでたばこを吸うのをやめてしまったので、助かる。昔の私はそれから後ろのドアのほうに首を向けた。彼女がまだあらわれないので、ちょっと気になるのだろう。首をもとに戻したところで、「本、読んでた?」と私はようやく話を切り出した。「処女航海」はピアノのアドリブのパートに入っている。昔の私は、黙って私の前に、シンプルな白い表紙の本を差し出した。『知覚の現象学I』、モーリス・メルロ゠ポンティ。

「へえ、むずかしい本読んでるんだ」

「いや、そんなにむずかしくないですよ」

昔の私がはじめて言葉を発した。若者らしく幾分生意気な口のきき方だ。

「ほう」

「だってほら、知覚や身体が問題になってるでしょ、なんとなく感覚的にわかるんです、それと、世界というものがすでに固定されてあるのではなくて、自分のこの視線やこの腕のうごきによって刻々と作り直されていく感じ、それがすごくエキサイティングなんです」

「なるほど」

たしかに私は、大学入学時、漠然と哲学科志望だった。しかしすぐにそれは消えた。すでに詩を書き始めていて、詩には哲学以上に、抵抗しがたい魅力があるように思われた。私が三年時にすすんだのは、すでにもう詩人になりたくて、その思いと直結する日本文学科であった。詩人は自分の使用する言語、母語について深く究めなければならない。というのは全くの口実で、じっさいは外国語の成績が悪かったので、英文科や仏文科といった外国文学専攻に行けなかったのである。そののち、といっても十年近く経ってからのことだが、哲学史のうえではおよそ現象学とは対極になるようなジル・ドゥルーズあたりを読むようになり、それが私のほんとうの哲学書遍歴の出発だと思いなしてきたが、とすれば、『知覚の現象学』はその前史ということになる。それはどのようなものだったか、私のなかで逆に思い出してみたいという奇妙な好奇心が湧き起こってきた。

「ちょっといいかな」私は本を手に取りながら言った。

「どうぞ」

本を開いて目次をみると、たしかに知的刺激をかき立てるような章が並んでいる。とくに「第一部　身体」の「V　性的存在としての身体」から「Ⅳ　表現としての身体と言葉」のあたりは、いままさに性的欲望のはけ口を見出しつつあり、同時にそして詩を書き始めてもいる昔の私にとっては、内容の如何にかかわらず読みたくなる章であろう。

ぱらぱらと本文をめくってゆくと、ところどころに傍線が引かれてあり、たしかに熱心に読んでいる跡が窺われた。

だが私は、三十年以上もまえに読んだ『知覚の現象学』のことなどもうほとんど憶えていなかった。むしろさきほど実家の二階でみた『アサヒ芸能』臨時増刊との落差が面白かった。どちらがほんとうの昔の私なのか。ただ、『知覚の現象学』もスキャンダルネタも、身体が関係しているということではわずかながら共通しているといえるのかもしれない。それがまた一層おかしい。

「『知覚の現象学』を読みながら彼女を待っているのか」本をテーブルに戻しながら、私は尋ねた。

「キザだな」

「べつにそんな」

昔の私はすこしむくれたようにみえた。

「まあそれはともかく、やめておいたほうがいいと思う」

私は言葉の調子を少し変えて、生真面目なトーンで言った。

「えっ?」

「だからその、デートだよ。きみは手紙を書いてここに彼女を誘った。彼女は高校時代に知り合った一つ年下の子で、きみは自分に好意を持っていることを利用したんだ。でも、やめたほうがいいと思う」

昔の私の顔つきが変わった。一緒に悪戯をするつもりだったのに、途中で降りるなんてずるいじゃないか、とでも言いたげだった。私もなぜそんなことが口をすべって出たのか、よくわからなかった。さっき生家の二階の窓に映ったあの女の幻影、あれが作用したのだろうか。

「なんでそんなことを言う権利があんたにあるんだよ」

昔の私がすこし口をとがらせ、若者特有の苛立ちを込めて言った。それから、たばこを箱から取り出して口に咥え、ライターの火をそこに寄せた。たしかにそんな権利は私にない。昔の私の未来、ということは私の過去だが、それを変えることは私にはできない。もし変えてしまったら、いまの私は存在しないということになってしまうだろうから。だがなおも私はつづけた。

「きみは性的な好奇心だけで彼女とつきあおうとしている」

「性的な好奇心?」

昔の私の口元が、侮蔑の感情の力でかすかに歪み、ひきつった。

「欲望でいいんじゃないですか、欲望で」

吐き捨てるように繰り返されたこの「欲望」という言葉は、はずみがついて、テーブルを越え床の方にどこまでも転がってゆくかに思われた。

「どっちでもいいが、とにかくきみは彼女をほんとうには愛していない」

「でも、愛とは欲望でしょ」

「いや、ちがう」

そう言ってから、私は口ごもった。とっさに置換すべき概念を思いつかなかったからだ。それから、たばこの煙が邪魔だというように、手で払う仕草をした。

「欲望は、なんかこう、欠如から始まるよね」と私は、時間稼ぎをするように、ゆっくりと思考を紡ぎ出した。昔の私もあいまいに頷いてみせる。

「そうして流れをつくり出す。主体から対象へと、あるいは対象から主体へと。愛はそうではない。愛はもっとあいまいな、もっと流れないような何かだ。そう、思いやりかもしれない」

「思いやり？」

昔の私が、またばかばかしいというように口元を歪めた。私には子供がいない。もし息子がいれば、ちょうどこんな感じで対峙するのだろうか。いや、もし父親と息子なら、もっとお互いに遠慮したり面倒くさがったりするだろうから、こんなにあけすけで芝居がかった対話にはならないのではないか。やはり私は昔の私と出会ったにすぎないのだ。血の袋小路。父親になれないということは、私が私から解放されないということだ。だから昔の私に邂逅したりするのではないか。そうしてこれからも、私のなかを流れる血は、ほかの誰にも受け渡されず、まずまちがいなく私のなかで終わる。ふとそんな暗い考えに襲われたが、しかしこのことは昔の私には伝えずにおこう。

それにしても、私自身ずいぶん陳腐な受け答えをしたものだと、やや遅れて思わず苦笑した。思いやり、か。昔の私のいうように、愛とは欲望だろう。より正確に言えば、欲望の費消であり、たとえていうなら、潮が引いていったあとのむき出しにされた岩礁、あるいは溶けたバター、そう、溶けたバター……

「ぼくは彼女を欲望している」と昔の私は、私のくだらない連想ゲームを断ち切るように、議論を繋いだ。「彼女もそうかもしれない。それで十分じゃないですか」

「それが十分じゃないんだ」と私もなぜか執拗に絡む。「性的な好奇心がみたされたら、きみはぼろきれのように彼女を捨てる。そのために彼女は傷つき、不幸になり、きみもずっと罪悪感に悩まされる」

「ぼくが？」

「そう」

「まさか」

「いや、私が言うんだから、ほんとうだ」

さすがにこの言葉には説得力があったらしく、昔の私は戸惑ったように視線を宙に泳がせ、吸っていたたばこを揉み消した。

それからまた私たちは話をしなくなった。私はすこし言い過ぎたかもしれない。繰り返すが、愛が欲望であって悪いわけがない。昔の私と私とのあいだには、世界との関係の仕方にかんする違いがあるだけなのだ。昔の私の方がまだ自分のなかに世界をほぼまるごと抱え込んで、あれこれ動こうとしている。私はそうではない。世界のかなりの部分がすでに私の外に出てしまった。歳をとるとはそういうことだろう。

いや、ほんとうに私が昔の私に言いたかったことは、罪悪感ではない。ぼろ切れのように彼女を捨ててしまったこと、百歩譲ってそれは仕方ない。しかし、そのまえに一度でも真剣に彼女を愛したことがあっただろうか。もしないとしたら、それはあまりにも侮蔑ではないか。彼女に対してだけではなく、自分自身の魂に対しても。

魂？　思いやりにつづいて、またまた不思議な言葉が私から出た。もちろんそれはあくまでも私の内的独白のうちにとどめ、口には出さなかった。

窓からの光がテーブルに射していた。西日かもしれないが、私にはどうしても朝の新鮮で強烈な陽光のように思われてならなかった。コーヒーカップや『知覚の現象学』のへりはハレーションを起こすほどのまぶしさで、テーブルの上のすべてがてらてらとその固有の色を失い、光そのものの実質と化したかのようだった。いや、骨だ、光の骨だ。すべてはまばゆい光の骨と化し、テーブルの上で死んでいるように見えた。まもなく母も死ぬ。通夜と告別式を経て、焼き場で焼かれたのち、このテーブルの上のコーヒーカップや『知覚の現象学』のように、金属板にくずおれ散乱したまばゆい骨の集まりとして母は姿をあらわすだろう。

「お袋が危篤なんだ」

ようやく私は沈黙に終止符を打った。

「もっとも、きみにはまだずっと先の話だけどね」

「病気かなにか？」

「そりゃ、齢八十だからね、病気にもなるさ。でもしばらくのあいだは、きみのお母さんは元気だ。彼女とも出くわして、あれこれ世話を焼く。ま、乞うご期待というところかな」

私は立ち上がり、「じゃあ」と昔の私に短く暇乞いをして歩き出した。こんなところでぐずぐずしてはいられないという思いが、ふたたび脳裏をかすめた。母が危篤なのだ。ゆっくりとドアのほうに向かう。昔の私はまた『知覚の現象学』のページをひらき、難しくはないというその哲学的言説を眼で辿りはじめただろうか。それとも欲望、いや性的好奇心がいまは頭を占めてしまって、それどころではないというところだろうか。好きなようにせよ、好きなように。

とそのときだった。ドアが開いて、若い女があらわれた。彼女だった。目尻をまぶしそうにして、小鼻は細くすぼまった感じ、そしてやや厚く前に出た下唇。髪はカールのかかったようなショートヘアで、エスニックな感じのニットのコートを着、ブーツを履いていた。私は通路をゆずり、彼女をさきに通した。彼女は軽く会釈をして私の前を通り過ぎた。そのとき私の顔もちらっと見たはずだが、さすがに昔の私の四半世紀以上もあとの顔だとは気づかなかったようだ。そして忍び足のような例の歩き方で昔の私の席に向かった。それはまるで、たくさんの期待に押し出されつつも、わずかな不安がうしろから彼女の歩みをひきとめているかのようだった。そう、やがて不安は現実のものとなる。

もろもろの感情がこみあげてきて眩暈のようなものを感じながら、私は、彼女が開けたままにしたドアにもたれるようにして外に出た。それからドアを閉めた。とたんに真っ暗になった。階段があるはずだからと思い、慎重に足をすすめようとしたそのとき、呼び止められた。

「お客さん、そこトイレじゃありませんよ」

女の声なので、さきほどの埴輪の女だろうか。それにしてはひどい中国語の訛りがある。だがそんなことはどうでもいい。自分のいる場所に関して、私はあっけにとられてしまった。階段などあろうはずがない。私はカラオケスナック「京子」のフロアの奥まった暗がりに立っていて、そこからやや明るい店内のほうを覗くと、例の臙脂色のベルベッドの背もたれやカラオケ用のテレビやマイクスタンドがみえたが、未来の自分を認めたときの昔の私のように、まあこんなこともあるだろうというぐらいの認識しかはたらかなかった。

「閉店にしますけど」

こんどは訛りのない女の声に促されて、私は明るいカウンターのところまで行き、そこにいた正真正銘の埴輪の女に勘定を払った。時間を聞くと午前零時を少しまわったところだという。まさか。さきほどの光あふれた上階での昔の私との邂逅、常識的に考えればたしかにそれは驚くべき類のものだったとはいえ、時間にすれば、ちょうど「処女航海」の演奏時間ぐらいの尺の、十分かそこらのあいだの出来事だったはずである。残りの数時間はいったいどこへ消えてしまったのか。階段がなくなってしまったのと同様、わけがわからない。しかし、聞くようなことではないので、私はだまって財布をコートにしまい、女の体と女が開けてくれた扉とのすきまをくぐって、今度こそ夜の闇の中へと出た。

寒気がさすがに身にしみた。生家への道を急ぎながら、念のため携帯をコートのポケットから出して着信履歴を調べてみたが、新しい着信は記録されていなかった。母はまだこの世の人のようだった。

【付記】

本書に収録した七編はすべて、水声社の月刊ウェブマガジン「コメット通信」第二七号から第三八号にかけて隔月で連載されたテクストを初出とする。作者は一昨年、長編評論『シュルレアリスムへの旅』（水声社、二〇二二）を上梓したが、その執筆中に、自らの現実生活においてもブルトンのいわゆる「客観的偶然」が現象したことに驚き、その経緯を小説形式の体裁で書き残しておこうと思い立った。それが「観音移動」である。するとそのあと、芋づる式に、『シュルレアリスムへの旅』のいわば副産物のようにして、自動記述、夢の記述、コラージュ、無意識、驚異、エロティシズム、黒いユーモアなど、シュルレアリスムの方法・テーマを多少とも意識した短編連作が次々に生まれ出てきた。その集成が、すなわち本書ということになる。執筆に伴走していただいた水声社編集部の廣瀬覚氏及び関根慶氏には、この場を借りて深謝申し上げたい。

著者について――

野村喜和夫（のむらきわお）　詩人。一九五一年、埼玉県に生まれる。戦後生まれの世代を代表する詩人のひとりとして、現代詩の先端を走りつづける。詩集に『川萎え』『反復彷徨』『特性のない陽のもとに』（歴程新鋭賞）『風の配分』（高見順賞）『ニューインスピレーション』（現代詩花椿賞）『スペクタクル』『ヌードな日』（藤村記念歴程賞）『デジャヴュ街道』『薄明のサウダージ』（現代詩人賞）『花冠日乗』『美しい人生』（大岡信賞）、小説に『骨なしオデュッセイア』『まぜまぜ』、評論に『現代詩作マニュアル』『移動と律動と眩暈と』『萩原朔太郎』（鮎川信夫賞）『シュルレアリスムへの旅』、翻訳に『ルネ・シャール詩集　評伝を添えて』など。また、英訳選詩集『Spectacle & Pigsty』で 2012 Best Translated Book Award in Poetry (USA) を受賞、『ヌードな日』英訳版が英国詩書協会推薦詩集に選ばれるなど、海外での評価も高い。

観音移動

二〇二四年五月一日第一版第一刷印刷　二〇二四年五月一〇日第一版第一刷発行

著者――野村喜和夫

装幀者――宗利淳一

発行者――鈴木宏

発行所――株式会社水声社

東京都文京区小石川二―七―五　郵便番号一一二―〇〇〇二

電話〇三―三八一八―六〇四〇　ＦＡＸ〇三―三八一八―二四三七

［編集部］横浜市港北区新吉田東一―七七―一七　郵便番号二二三―〇〇五八

電話〇四五―七一七―五三五六　ＦＡＸ〇四五―七一七―五三五七

郵便振替〇〇一八〇―四―六五四一〇〇

URL : http://www.suiseisha.net

印刷・製本――モリモト印刷

ISBN978-4-8010-0811-3